萤火虫的回归

[意] 罗贝托·帕瓦内罗 著 [意] 斯蒂法诺·图尔科尼 绘
胡虹 译

中国人口出版社
China Population Publishing House
全国百佳出版单位

北京市版权局著作权登记号　图字：01-2016-6966

Text by Roberto Pavanello
Original cover and Illustrations by Stefano Turconi, colors by Christian Aliprandi
Graphics by: Gioia Giunchi

Original Title: IL ritorno delle lucciole

Translation by: Hu Hong

图书在版编目（CIP）数据

萤火虫的回归 /（意）罗贝托·帕瓦内罗著，（意）斯蒂法诺·图尔科尼绘，胡虹译 .
-- 北京：中国人口出版社，2017.1
（弗拉姆巴斯·格林）
ISBN 978-7-5101-4695-4

Ⅰ . ①萤… Ⅱ . ①罗… ②斯… ③胡… Ⅲ . ①儿童故事—图画故事—意大利—现代
Ⅳ . ① I546.85

中国版本图书馆 CIP 数据核字（2016）第 231417 号

萤火虫的回归

（意）罗贝托·帕瓦内罗著，（意）斯蒂法诺·图尔科尼绘，胡虹译

出版发行　中国人口出版社
印　　刷　北京瑞禾彩色印刷有限公司
开　　本　810mm × 1280mm　1/32
印　　张　5
字　　数　50 千字
版　　次　2017 年 1 月第 1 版
印　　次　2017 年 1 月第 1 次印刷
书　　号　ISBN 978-7-5101-4695-4
定　　价　19.50 元

社　　长　张晓林
网　　址　www.rkcbs.net
电子信箱　rkcbs@126.com
总编室电话　（010）83519392
发行部电话　（010）83534662
传　　真　（010）83515922
地　　址　北京市西城区广安门南街 80 号中加大厦
邮政编码　100054

目录

弗拉姆巴斯·格林和他的朋友们
弗拉姆巴斯·格林
有史以来，最真诚、最勇敢、最特别的守护精灵！
迪迪·卡佩尔维内莱
弗拉姆巴斯最好的朋友，最出色的治愈师之一，从未离开过琳法比安卡。
特罗戈罗
一个小野人精灵，用奇怪的声音和别人交流，他的手里永远握着一把弹弓。

果核和莴笋
一对最友善的精灵，是整个林法多罗的糊涂虫！
卡尔洛塔•巴伯
害羞保守，她极具摄影天赋。
提密斯•巴伯
巴伯家中最小的孩子，小莫扎特。
欧拉乔•普莱斯科特
爱发脾气的植物园守护人，他喜爱植物胜过喜爱自己的同类。

福尔西科精灵的级别划分

绿拇指仙： 精灵学徒，最开始只负责守护一棵树（辛普莱斯），随着级别的上升，其守护的树木逐渐增多，一直到九棵树为止。正如所有的福尔西科精灵一样，他们一出生便有两根绿色的大拇指，这两根拇指里包裹着少量的绿树汁液。

绿手仙： 有经验的精灵，起初负责守护小森林，随着级别的上升，其守护的森林不断扩增，级别最高的负责守护百年丛林。在晋级仪式后，绿树汁液会在手掌里扩散开来，这样他们就可以用绿树汁液治愈各种各样的树木。

林区碧翠仙： 经验丰富的精灵，负责守护整个“绿林区”（统领着九百九十九个绿手仙）。他们的皮肤是浅绿色的，因为整个身体里都含有绿树汁液。

陆域碧翠仙： 极其出色的精灵，负责守护九十九个“次大陆域”中的一个（统领着九百九十九个林区碧翠仙）。他们的皮肤是绿色的。

元老碧翠仙：聪明睿智的精灵，是从陆域碧翠仙中选拔出来的。元老碧翠仙一共有九人，他们组成了守护元老会。任期九年，帮助大碧翠仙做决策。他们的皮肤是深绿色的。

大碧翠仙：拥有最高权力和地位的精灵，统领着所有的福尔西科精灵。任期九十九年，只可重任一次。大碧翠仙的年龄不能超过六百三十岁。他是唯一皮肤呈暗绿色的福尔西科精灵，因为他体内的绿树汁液的能量是无穷的。

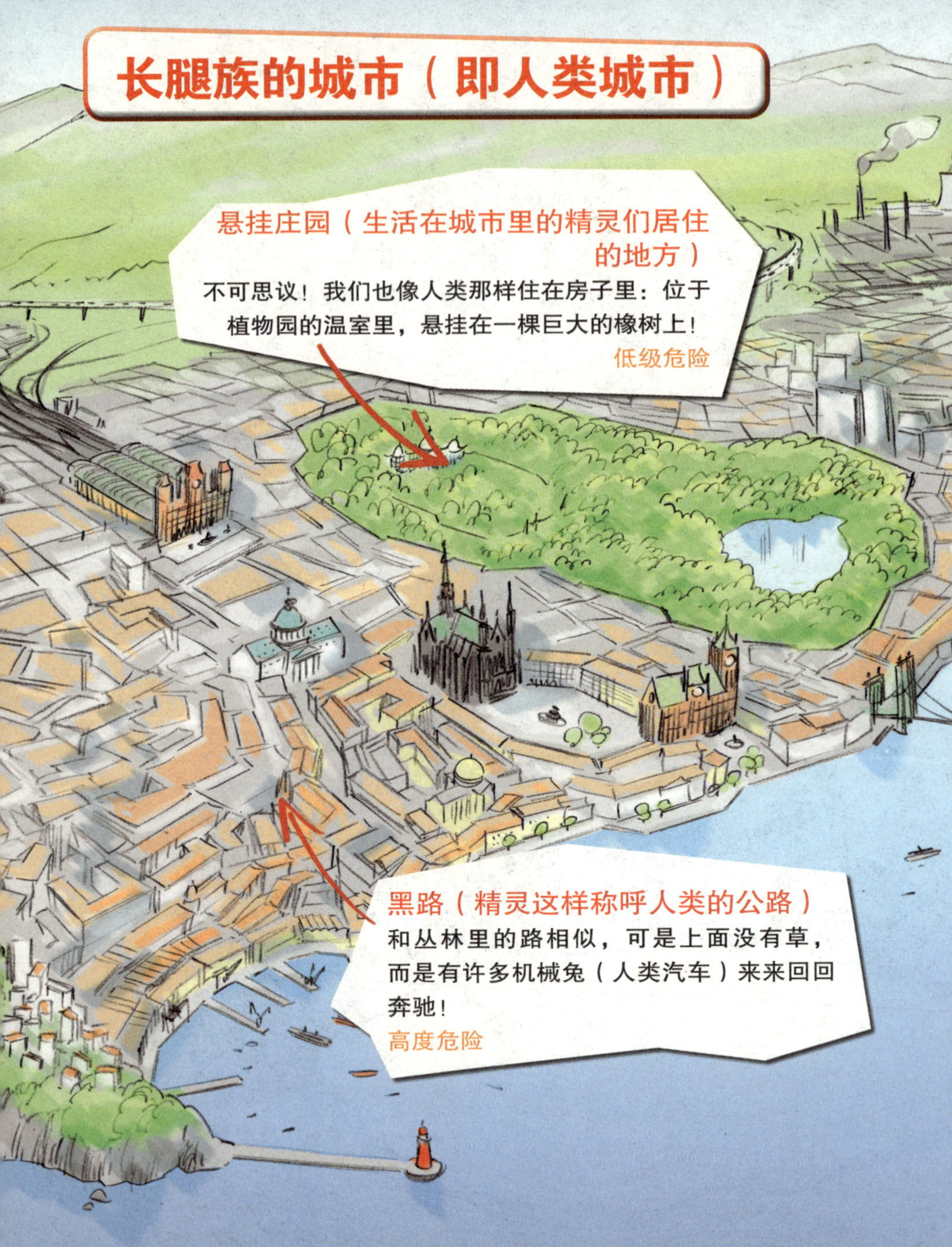
长腿族的城市（即人类城市）
悬挂庄园（生活在城市里的精灵们居住的地方）
不可思议！我们也像人类那样住在房子里：位于植物园的温室里，悬挂在一棵巨大的橡树上！
低级危险
黑路（精灵这样称呼人类的公路）
和丛林里的路相似，可是上面没有草，而是有许多机械兔（人类汽车）来来回回奔驰！
高度危险

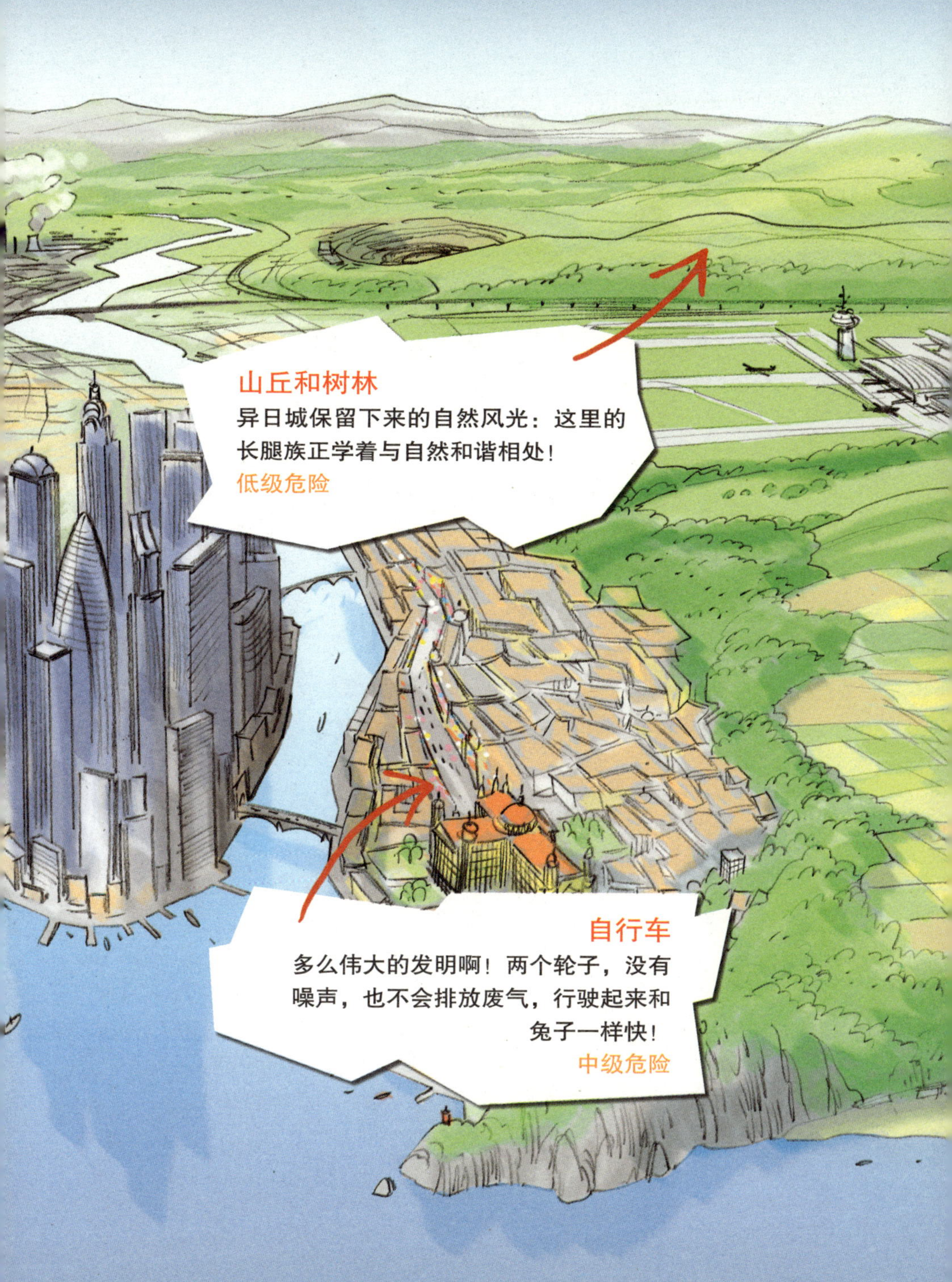
山丘和树林
异日城保留下来的自然风光：这里的
长腿族正学着与自然和谐相处！
低级危险
自行车
多么伟大的发明啊！两个轮子，没有
噪声，也不会排放废气，行驶起来和
兔子一样快！
中级危险

“我，弗拉姆巴斯·格林，
发誓将誓死捍卫我看管的树木，不滥用上天赐予我的绿树汁液。”（碧翠仙授予仪式上的宣誓词）

1. 闷热的空气和清凉的水花

在异日城，已经有很多年没遇到如此炎热的五月了。

像电视里科学家说的那样，是受“全球升温”的影响，还是如气象员们所讲，仅仅是受一股从非洲飘过来的热空气影响？不管是出于哪种原因，五月份的温度本来应该是二十五摄氏度，可是现在却有三十摄氏度！大家都想尽办法避暑：孩子们一根冰棍接着一根冰棍地吃着，大人们一天洗五次澡，老人

们把自己关在家里，把风扇对着身体吹。有时间的人就会去海边，而有钱人则会躲到自家的游泳池里。尽管如此，在大部分的居民楼以及办公室里，最常用的避暑办法还是那个奇怪的发明，长腿族们称之为“空调”。

“‘风调’是什么东西？”莴笋一边用一片梧桐叶扇着风，一边问道。

“是‘空调’！”果核强调着说道。和所有的精灵一样，果核在欧拉乔·普莱斯科特

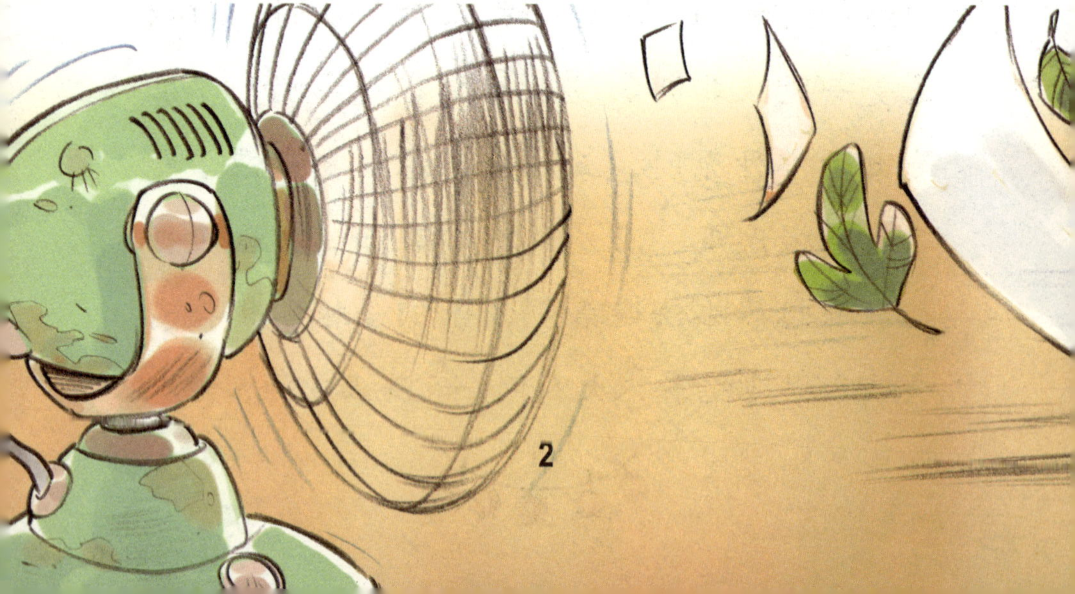

那间凉爽的储物间里躲了起来。欧拉乔·普莱斯科特是城里植物园的看守人。就连噶尔外斯顿和依波利达，都热得一动不动地躺在地板上，舌头耷拉在外面。噶尔外斯顿和依波利达是弗拉姆巴斯·格林和迪迪·卡佩尔维内莱的两只兔子。

“空调，”欧拉乔回答道，“是一种很神奇的设备，它可以把热空气吸进去，然后释放出冷空气。”

“太厉害了！”莴笋说道，“那您为什么不用呢，欧拉乔先生？”

“因为它有个很可怕的缺点，就是特别耗电！你知道整个异日城在这几天里为了制冷会耗费多少电能吗？”

“我不知道……”莴笋思索着说道，“八千克？”

“电不是用千克做衡量单位的，傻瓜！”果核讽刺道。这些知识都是果核在摆弄欧拉乔的收音机时学到的。

“我更喜欢用这个……”欧拉乔说道，他弯下腰打开了一台旧风扇。

突然房间里吹起一阵风，把树叶、天竺葵花瓣还有福尔西科精灵们的帽子都吹掉了。

“哇！”莴笋激动地说道，此时她正紧

紧地抓着台灯，“飞起来了！”

这股突如其来的风使房间里的空气都流动了起来，让所有人一下子变得精神焕发：兔子又活蹦乱跳起来，迪迪和弗拉姆巴斯又睁开了眼睛，果核则敞开衣服站在风扇前，把出了汗的腋窝吹干。可惜他靠得太近了，一片扇叶把他身上的一捋毛齐刷刷地切掉了。

“当心，小伙子！”欧拉乔冲他警告道，此时莴笋正捧腹大笑，“没准下一次被切掉的就是你的鼻子！”

弗拉姆巴斯摇着头看着那个被吓坏了的福尔西科精灵，果核此时正拍打着自己的脑门。突然一个野蛮的叫声和东西掉进水里的扑通声把弗拉姆巴斯的注意力给吸引了过去。

“是特罗戈罗在跳水……”他说道。

“这主意可真棒！我们也可以去，行吗，头儿？”莴笋问道。还没等弗拉姆巴斯回答，她便朝那片小湖跑了过去。果核和迪迪博士跑着追了上去。

“你们去吧，尽管去吧，但是别再叫我头儿了！”弗拉姆巴斯抱怨道。

弗拉姆巴斯慢悠悠地朝他们走去，坐在一棵菩提树的阴影下。他一看到特罗戈罗身上穿的假豹皮的衣服，就忍不住大笑了起来。

“您不去跳水吗……头儿？”突然弗拉姆巴斯身后的一个声音打断他说道。

弗拉姆巴斯立刻回过头去看：在他身后，站着一个精灵信使，穿了身优雅的、镶着金边的深绿色制服。在这个信使旁边，一只健壮的黑色兔子正面无表情地看向湖面。

“碧翠仙弗拉姆巴斯·格林，我觉得……”这个福尔西科精灵一边说，一边从斜挎着的包里拿出一个用蜂蜡密封着的纸卷，“找到您可真不容易啊。这个人类村庄像个迷宫一样！不过，请您告诉我，您这里一直都是这么热吗？”

弗拉姆巴斯看着这个精灵手里的信，尴尬地回答道：“这个春天有点儿特别，就连我们的长腿族朋友们也这么觉得。我去给您拿点儿美味的蜜蜂花浆，是冰的，因为我们把它放在冰箱里……嗯……一个非常非常冷的地方。”

“不用了，谢谢。我水壶里的橡子汁还热着呢。您还是读一读这封信吧。林法多罗那边还急着等您的回复呢。”

“您从林法多罗那边过来？”弗拉姆巴斯一边问，一边翻看着信。这封信是用黑色蓝莓汁手写的。

“是元老会和大碧翠仙发来的召见信。对了，那个嘴里喷水的女孩儿是大碧翠仙的女儿吗？”

“谁？哪个？”弗拉姆巴斯尴尬地说道，“我觉得……我觉得是……嗯……博士她一定是热坏了。”

“她的父亲委托我给她也捎封信。您能帮我交给她吗？”

“很乐意。”弗拉姆巴斯回答道，“请您转告奥林普斯，我们将在三天内赶到林法多罗。”

“我会转达到的。”精灵信使点头说道。说完他便骑上他那只黑兔子，这只兔子刚才一直趴在那里一动不动。接着这个信使便消失在公园的灌木丛里。

“弗拉姆，那个是谁？”就在弗拉姆巴斯向水边走去，告诉迪迪这个消息时，迪迪问道。

“从林法多罗过来的信使。”他回答道，“是你的父亲派他过来通知我们的。他也给你捎来了信。拿着……”

“把信放到草地上吧，我等会儿再看。”迪迪平静地回答道，“你过来一下，我有个天大的秘密要告诉你……”

弗拉姆巴斯误信了迪迪的话，靠了过去。可是还没等他反应过来，便被迪迪拽进了水里！

2.
一个招致非议的提议

黛德乌斯·斯达尔纳是福尔西科精灵大会的秘书。他十分讨厌参加人多的会议。在他看来，如果会议上有九个福尔西科精灵，还可以进行讨论；如果有十个，那么会议便会陷入混乱；如果多于十人参加，那就会直接引发争执，人再多就更不用说了。这就是为什么当他看见这个半圆形的议会大厅时会露出一脸的不安。议会大厅位于林法多罗的达玛林笛泉水下方。九十九名掌管世界次大陆

地区的碧翠仙，以及他们每人身边跟着的两名议事员，把整个大厅塞得满满的。

“还是像往常那样一片喧哗……”黛德乌斯自言自语道。他看着这个经常举行大会的大厅，早已习以为常，见怪不怪了。

坐在大厅中央高台上的是守护精灵大会的八位长老，他们一边捋着灰白的胡子，一边专心致志地听着台下精灵们的讨论。

其中一位长老很特别，他身上罩着一件深橙色的长袍，正严肃冷酷地环视着四周。只要看一眼他的眼睛，都会让人浑身发抖！他的名字叫尼禄·斯格隆布斯，在整个福尔西科精灵里，他的名声很不好。他最爱说的话就是：“不！”否定新鲜事物，否定和他观点不一致的人，对比他成就高的人更要否定。

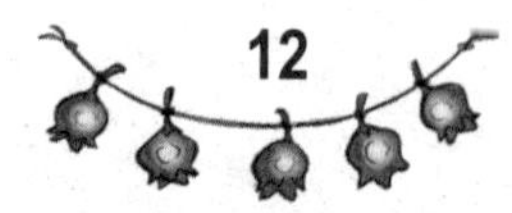

例如弗拉姆巴斯·格林，他从一个普普通通的绿拇指仙，一跃成为西方国家城区的唯一负责人，这是大碧翠仙授予他的特殊职位！所有的福尔西科精灵都知道，尼禄很讨厌他，简直视他为“眼中钉”。

你们想象一下，当大会授予弗拉姆巴斯这一职位，并派他去异日城时，尼禄是何反应吧！他自然是投了反对票，而且竭尽所能地拉拢其他人。可是拥有最高权力的大碧翠仙和其他的元老依旧没有改变决定，于是尼禄只好顺从大多数人

的决定。从那时起，尼禄便在等待时机，准备实施报复行动，而即将举行的大会，对他来说，正是个再好不过的时机了。

实际上，这次会议的目的是，选出一个地点，用来举行一次极其重要的活动：第九十九届福尔西科精灵世界大会（简称GMF）！这个每九年举行一次的大会，是整个精灵世界里最重要的活动，而这一届刚好是第九十九届，这个数字让这次大会变得更加非比寻常。每一个地区都不遗余力地争夺这次的荣誉，而每一位出席会议的碧翠仙都准备了上千个理由来让自己所在的地区当选。在会议大厅的阶梯座椅上，甚至出现了用树皮做的标语，上面写着：“东边举办，精彩无限！”“南部橄榄甜，让你流连又忘返！”

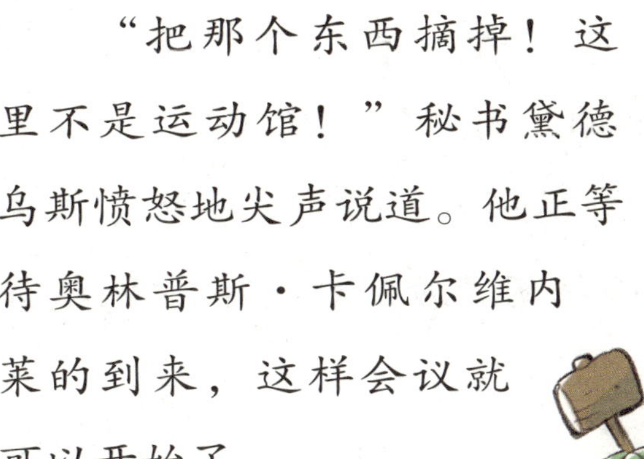

“把那个东西摘掉！这里不是运动馆！”秘书黛德乌斯愤怒地尖声说道。他正等待奥林普斯·卡佩尔维内莱的到来，这样会议就可以开始了。

然而，大碧翠仙此时还把自己关在书房里，来回踱着步子：他也在等着某人来处理这些事务。

“他们怎么还没到！”奥林普斯自言自语道。

“他应该四分之二影长（福尔西科精灵们就是这样衡量时间的）前就到这里的。”

终于，他的秘书从门外把头伸进来说道：“碧翠仙弗拉姆巴斯·格林和卡佩尔维内莱博士到了。”

“谢天谢地！”奥林普斯感叹道，“告诉他们我马上就来。”

大碧翠仙刚一走进会议大厅，黛德乌斯就立刻用他的木槌在桌上敲了三下，接着所有的精灵都站了起来。他们大声唱着林法多罗的

颂歌。接着这个拥有至高无上地位的精灵说道："亲爱的朋友们，正如你们所知道的，举行这次大会主要是为了选出第九十九届精灵大会的举办地。

我想我不需要强调这次大会的重要性了，希望大家对自己充满信心。我们会先听一听大家的提议，然后进行投票，最后做决定。请你们允许我向你们介绍，第一次参加会议的西方国家城区唯一负责人，弗拉姆巴斯·格林，以及他的助手，卡佩尔维内莱博士。"

大厅里的精灵们一边吃惊地嘀咕起来，一边寻找着那两个刚被念到名字的精灵。尼禄·斯格隆布斯用眼睛仔细地寻找着。迪迪从容地用她那双深色的眼睛看向四周，而弗拉姆巴斯的脸则一下子从深绿色变成了浅绿色。

“我宣布现在会议正式开始！”黛德乌斯敲了一下木槌，尖声喊道，“每位出席会议的代表将有十段影长的时间来表达自己心中的候选地。提议结束后，会议将暂停，进行商议。第一位表达意见的是兰格·斯塔菲鲁，来自北部的第六十六个次大陆域的代表。”

漫长的会议开始了。与会者一个接着一个地发言，一个接着一个地承诺，掌声也是一阵接着一阵，不断响起。每个精灵都试着向元老会讲述自己所在地区的奇特之处，可以利用的广阔空间，以及承办这次活动的实力。大部分的精灵长老都在聚精会神地聆听着，其中有的长老甚至做起了笔记，而有的则酣然入睡。

唯一一个如坐针毡的人就是弗拉姆巴斯。

“信上没说我需要发言啊！”他抱怨道，“为什么你爸爸不通知我一下呢？”

“他为了不让你紧张，所以通知了我。你还记得另一封信吧？”

“你知道这件事竟然不告诉我？！他还给你写了些什么？”

“他说他对你很有信心，他相信你能在恰当的时候说服元老会。你难道还不明白吗？他是支持我们的！”

“支持我们？你爸爸该不会是希望这次大会在……异日城举行吧？”

“正是如此。不过现在就看我们能不能说服所有的福尔西科精灵了。”

“在异日城举办……真的好吗？”

3. 失败与喧哗

轮到弗拉姆巴斯发言了，他上了三个台阶，走上主席台。站在台上，他感觉喉咙里好像打了个结，他的腿也不听使唤了。

他把目光投向了台下的精灵代表们，试着发现一些友好的面孔，然而，看到的却只有一张张面带愠色的脸。就连那两个在椅子上睡着了的精灵长老，也都醒了过来，好像不想错过这场好戏似的！弗拉姆巴斯试着张嘴说话，可是从他的嗓子里却发出了一声低沉

的嘶哑声。接着台下便响起了几声不耐烦的咳嗽声。他害怕地看向迪迪，而迪迪却冲他举起拳头，以示鼓励。

弗拉姆巴斯做了个深呼吸，终于，他听到了自己的声音，微弱且略带怯懦的声音，他说道："亲爱的朋友们……嗯……和我前面的那个代表一样……嗯……我简短地向大家说明，我们的这次活动在异日城将如何举行……呃……我提到的'我们'，指的就是我们福尔西科精灵们，还有……如大家所知的……一些……嗯……长腿族朋友……"

尽管在说出最后几个字前他已经压低了声音，可是所有的精灵代表还是听得十分清楚，他们愤怒地喧哗了起来："福尔西科精灵的长腿族朋友？得了吧！"

黛德乌斯用木槌在桌上敲了两三下，会议大厅里又安静了下来。

“你们心存疑虑，我可以理解……”弗拉姆巴斯害羞地说道，然而他又立刻闭上了嘴，因为他发现台下几乎所有的精灵都在用愤怒的目光看着自己。可是突然他不由自主地说出了心里话：“你们心存疑虑，我可以理解，”他重复道，“我也曾这样过。当我第一次看见长腿族的城市时，我差点逃跑！黑路、机械兔、枯萎泛黄的草、生病的植物……我既害怕又厌恶，然而不久我便发现，绿树汁液从树干、枝叶里流失并不是他们的错：长腿族们也有生存的权利！而且我发现我不仅可以信赖和我待在一起的那三个绿拇指仙——你们可能不记得他们，我还可以信任

那几个长腿族，他们很热爱树木花草……甚至比一些福尔西科精灵还要热爱！”

“这不可能！”尼禄·斯格隆布斯站起来咆哮道，“你这是对我们所有精灵极其严重的冒犯！”黛德乌斯使劲地敲了下桌子，整个大厅立刻安静下来。

弗拉姆巴斯咽了几下口水，继续说道：“我不想冒犯任何人……可你们得知道发生了什么：在他们的帮助下……我挽救了城市里的森林！也正是因为这个，大碧翠仙才决定任命我去守护西方世界城市里的树木。

从那以后，我就爱上了异日城，不管你们信不信，我们还可以信赖其他善良慷慨的长腿族！”

“长腿族既不慷慨也不善良！”尼禄又咆哮道，“长腿族是大自然的敌人，也是我们的敌人！”

这时，其他的福尔西科精灵也跳了起来，一起大喊大叫了起来。

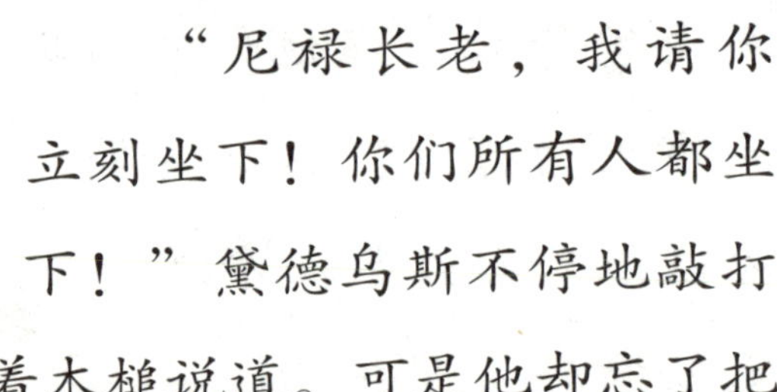

“尼禄长老，我请你立刻坐下！你们所有人都坐下！”黛德乌斯不停地敲打着木槌说道。可是他却忘了把另一只手从桌上拿开，结果木槌敲在了自己的手上。

就在这时，大碧翠仙抬起了他的右手，

所有的精灵都安静了下来。然后他温柔地冲弗拉姆巴斯笑了笑，示意他继续发言。

“因此，我代表我手下的精灵们，以及欧拉乔·普莱斯科特先生，还有巴伯姐弟，向大家提议……”他说到这里，又深吸了一口气，接着说道，“在异日城举办下一届精灵世界大会！谢谢。”

台下立刻陷入一片死寂之中。好像所有的精灵都在等着谁能发出一个信号，然后打破这种死寂。迪迪·卡佩尔维内莱赶在这个信号发出前采取了行动：她起身鼓起掌来，啪！啪！啪！

所有的精灵都不可思议地看向她，不知所措，除了尼禄·斯格隆布斯，他说道：“你的提议太荒唐了！”他接着怒吼道：“福尔

西科精灵世世代代生活在森林里！精灵大会也历来是在树林间举行！我们为什么要到一个嘈杂吵闹而又臭气熏天的迷宫里去冒险呢？！福尔西科精灵们，你们说对吧？”

会议厅里一下子沸腾了起来！看台上的精灵们纷纷呐喊着，而黛德乌斯则忙着吮他那只肿了的大拇指，完全顾不上敲木槌。

大碧翠仙则一动不动地坐在椅子上，看着弗拉姆巴斯和迪迪失落沮丧地离开了会议厅。而尼禄·斯格隆布斯则在一旁为他取得的胜利而窃喜不已。大碧翠仙从来没有为他的民众感到这般羞愧过。

4. 好消息？

公园刚一关门，巴伯姐弟便用钥匙打开公园侧面的栅栏门，像往常一样进入了植物园。植物园守护人的办公室里还亮着灯。

“欧拉乔为什么要见我们，姐姐？”提密斯手里拎着一大包薯片说道。

“为了给从林法多罗回来的弗拉姆巴斯和迪迪接风。他们可能带来了些重大消息！”

“对！可是我既没听到音乐也没听到歌声。可能他们还没到吧。”

“或许他们在等我们……”

他们两个人都猜错了。实际上，迪迪和弗拉姆巴斯已经回来一个小时了，可是他们却丝毫没有心情庆祝。也没什么好庆祝的。

这次的林法多罗之行太令人沮丧了。迪迪自豪地讲述了他们做的事，可是其他几个精灵在弗拉姆巴斯脸上却只看到了沮丧失落的表情。就连正在喝苹果汁的特罗戈罗也停了下来（他可是疯狂地喜爱苹果汁）。

“呃……气氛为什么这么凝重啊，朋友们？”提密斯从门外探头进来

说道，“出什么事了吗？”

“那些可恶的家伙不想在我们这里举行精灵大‘废’……”莴笋叹息道。

“是精灵大会！”果核说道。

“他们说我们的城市令人厌恶，还说你们长腿族……嗯……很危险！”

“这太荒谬了！”提密斯反驳道，“你们没有告诉他们这种想法很荒谬吗？”

“我们说了，提密斯，”迪迪自豪地回答道，“可是他们不相信。”

“太可悲了！他们一点儿也不知道他们错过了什么！”

“他们没有选择异日城，那他们选择了哪里？”卡尔洛塔问道。

“还不知道。他们一确定就会来通知我

们。”弗拉姆巴斯解释道，“希望不会太远，不然长途跋涉会让我疲惫不堪……”

“大家振作起来！我们继续过我们的生活！”欧拉乔干脆地说道，“这里还有一堆好吃的呢。你们想尝尝这种特殊的蜂蜜吗？是我一个老朋友的生物公司生产的，你们快尝尝鲜……”

他打开罐子，用木头雕刻的小勺弄给精灵们品尝：欧拉乔真的很擅长木艺。

大家品尝了起来，美味的蜂蜜缓和了失败带给他们的难过情绪。接着提密斯把他带来的薯片也打开了，莴笋和果核一边狼吞虎咽地吃着，一边大笑起来。正当他们的心情就要好转时，突然一个响亮的撞门声，让大家立刻又安静了下来。

欧拉乔走过去打开门：在他眼前，出现一团凌乱的羽毛，这个东西正试着爬起来。

“是康达尔多！”迪迪认出了这个长满羽毛的东西，然后笑着说道，“是我爸爸的猫头鹰坐骑！”

她急忙跑过去搀扶这只鸟，可是它背上的巨大背包，让它又倒在了地上。迪迪突然注意到，这只猫头鹰的右脚上绑着一个纸卷。于是她拿了下来，然后读起来……

我亲爱的朋友们，

你们还记得“不到最后决不放弃”这句精灵谚语吗？不久前我刚验证过这句非比寻常的话，发现的确很有道理！你们走得太匆忙了，不过我可以理解，换了我，我也会这样。

可是，如果你们待到会议结束的话，就可以亲耳听到黛德乌斯宣布的令人震惊的决定：第九十九届精灵世界大会，将在……异日城举行！

迪迪抬起头，吃惊地望着大家，而此时大家则更加吃惊地看着她。接着她继续用她颤抖的声音读下去：

为什么会这样？我用林法多罗最年长、最智慧的长老——普莱斯必图斯的话来回答你们：“和你们大家一样，我对这样一个决定也感到很担心。可是弗拉姆巴斯的一番话却深深触动了我。说出这番话，光有勇气是不够的，还需要有坚定的信念。”

结果五票支持，四票反对！可怜的尼禄·斯格隆布斯！从他咬帽子的举动上看，他一定十分愤怒。不过，你们不用担心，我会劝他的。现在，你们为你们取得的胜利好好庆祝一番吧！

奥林普斯·卡佩尔维内莱 大碧翠仙

听完这封信，精灵们和长腿族们都欢呼了起来：有的跳着舞，有的蹦了起来，还有的激动得哭了起来。

“太不可思议了！”提密斯一边跟着跳起舞来，一边惊叹道，“可真是喜从天降啊！”

“恭喜你们！”卡尔洛塔祝贺道，她紧紧地握着精灵们的绿色小手。

然而，迪迪一下子收起了自己的喜悦之情，说道：“等一下！还有几句话……”

注：亲爱的弗拉姆巴斯，我觉得尼禄·斯格隆布斯一定会要求你严格遵照传统来操办，所以我觉得你最好看一眼我们的精灵守则。我把守则放在康达尔多的背包里。不要被这本厚重的书吓到：这本书我也没有全部看过。

迪迪打开了那个把猫头鹰压得站不起来的包，然后从里面掏出一本大厚书，木质的封皮上面刻着几个大大的字。

“上面写着什么，头儿？”

“GMF大会传统精灵守则。”碧翠仙弗拉姆巴斯回答道。

“真好啊，头儿！那什么是传统精灵守则呢？”

“我还不知道呢，莴笋。”弗拉姆巴斯不安地回答道，“不过有可能不是什么好书……”

5. 忙个不停

从那一刻起，这本守则就成了弗拉姆巴斯最大的噩梦：九百九十九个条款，里面禁止做什么，必须做什么，规定得详细又琐碎，简直要把人逼疯！

眼看着日子一天一天过去，可怜的弗拉姆巴斯的心情是一天比一天糟糕。

他抱怨道："还有不到两个星期，就会有三百多个福尔西科精灵从世界的各个角落到达这里。三百多个绿色小人儿要接待，

要住宿，要组织，要吃饭，要喝水，要上厕所，尤其是……要保护！我们怎么可能办得到啊！”

迪迪安慰道：“别担心，弗拉姆巴斯。我相信这次的活动一定会大获成功的。”

弗拉姆巴斯知道在小精灵培训课程中，最先要教给他们的就是“拧成一股绳”，也就是一起工作。但是让他非常吃惊的一件事是他发现长腿族也知道“团队合作”。所以在接下来的日子里，人类和小精灵合作十分默契，融洽的程度超乎想象。

第一个难做的决定是在哪里挖出一个开代表大会的厅。

弗拉姆巴斯仔细地翻着守则的头几页，给大家解释道：“守则第十二条明确规定了

大厅的面积。还有个图纸……”

欧拉乔看了看说：“这一点儿也不难。在你们看来很大的房间对我们而言都是十分微小的。”

“确实如此，但是还有个问题：第十三条明确规定大厅必须设在树根里，大树必须至少有三百六十精灵岁，树的高度至少要有九百精灵米。”

“那该是怎样的树呢？”

“得有一百二十年树龄，三十米高。那将是一棵巨型树！”

“将军树！”欧拉乔马上喊出来，“谁会比它更合适呢？

那棵巨杉已经一百五十多岁了，树高也超过三十米。我的办公室里有记录它信息的卡片！”

所有人都松了一口气，除了弗拉姆巴斯。“我的朋友们，可惜事情没这么简单……”他轻声说道，他的话把大家的喜悦瞬间驱散了，“大厅尺寸是合适的，但是守则第十四条规定，这棵树的树汁活力至少要有九颗星，要不然没法举行最后的光圈项目。”

“那是个什么项目？”卡尔洛塔问道。

“那是咱们最重要的仪式之一！”

“那怎么测量树汁活力呢？”欧拉乔问道。

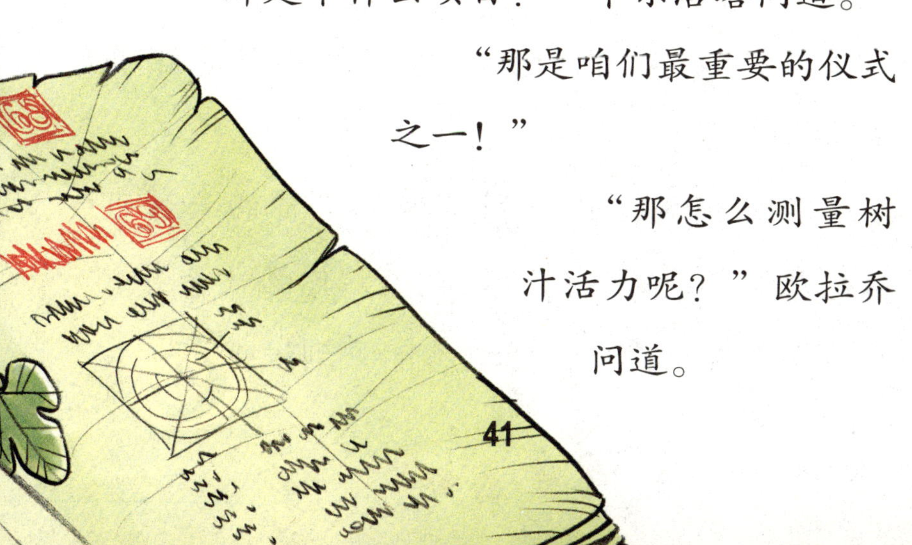

“这个我知道。”迪迪回答说，“我在树木测量的考试中得了三片四叶草加的最优成绩。就为这事爸爸送了我一个树汁听诊器，我可是从来都带在身上的……”她一边说，一边从她的植物行李箱里取出了一个特别复杂的小玩意儿，看上去有些像管风琴，上面还刻着些神秘的符号。

欧拉乔陪她来到那棵巨杉下，巨杉的树梢在植物园上空随风摇曳，遮住了整个尼法阿公园。

“每次我见到它都觉得它变得更漂亮了！”迪迪来到将军树下说道。

“将军树，你听到了吗？这样的夸奖可不是每天都能听到的。站直了，你的叶子会看到一个新鲜玩意儿，很少有树见到过哦！”

半小时后，迪迪大夫拿着诊断书回来了。

“情况不太好：将军树的树汁活力只有七颗星。遗憾的是，要举办光圈仪式是不够的……”

“不能想想办法吗？”弗拉姆巴斯追问道。

“当然有办法，我的绿色糖衣丸百试百灵。”她说道。

“但愿没问题，”碧翠仙弗拉姆巴斯说道，“无论怎样，现在就剩下挖掘问题了……”

“也就半天的活儿，”欧拉乔说，“温室后面有三把铁锹呢……”

“不是这么简单的，”小精灵摇摇头，“第

十五条规定，挖掘工作必须完全由三岁以上的兔子用爪子来完成……”

“噶尔外斯顿已经四岁了，依波利达上个月刚满三岁！”迪迪说道，“它们虽然会不太情愿，但我想它们还是会帮咱们一把的！”

的确，兔子们都很配合。大家都尽力而为，也包括果核和莴笋。他们俩说服了公园里的鼹鼠在尼法阿公园的树下挖一些避难所。弗拉姆巴斯呢？为了找到解决方案，他绞尽脑汁地研究守则上的各种规定和禁令，不停地检查和研究着。

“第一百一十八条规定，严格禁止使用灰色的衣物，因为这会影响福尔西科精灵的好心情。你去检查一下好吗，提密斯？”

“第一百七十七条规定，选举期间不能

使用通常用的接骨木哨子，只能使用竹竿，实心的或空心的都可以，长度要在九到十九精灵米。咱们应该有竹子吧，欧拉乔？”

“第一百九十一条规定，餐食必须由福尔西科精灵厨师来烹饪，这个厨师必须持有科尔努克比亚颁发的高级资格证书，或者元老会承认的其他证书，而且餐食必须由天然餐具来盛放。迪迪，这些事你爸爸是怎么跟你说的？”

“他说做餐食的人员他会安排的。应该很快就到了……”

“很快就到了？但我们都没合适的地方让他们做饭！”弗拉姆巴斯尖叫道。

“这事我来办，孩子。你过来看看……”欧拉乔安慰他道。

欧拉乔把他带到了温室后面，让他看一间旧工具棚屋，里面是空的，而且很干净。

“要是没有你们长腿族，我真不知道该怎么办！”弗拉姆巴斯感动地说道。

夜幕一降临，四只巨大的黑色鸬鹚飞过温室，扔下一些被绳子扎得严严实实的包裹。接着立刻又有两只鸬鹚降落到地面上，从每只鸬鹚身上跳下来九个长着浓密胡子的福尔西科精灵。最后又飞过来第三只白鸬鹚，一个瘦瘦的小精灵从鸟身上优雅地滑了下来。他脖子上系着丝巾，头上戴着个软软的帽子，两片小八字胡锋利得跟两把刀子似的。

“呃？这就是你们欢迎来自林法多罗最好的厨师的方式吗？”他看到没人过来欢迎他，便嚷道。

“晚上好……嗯……”弗拉姆巴斯走向他，支支吾吾地说，“我是弗拉姆巴斯，我代表我的朋友们向你致以最热烈的欢迎。”

“我是阿拉坎·福梅！”小精灵用鄙夷的目光看了看四周，回答道，“希望准备餐食的地方都已经给我安排好了。”

从地板到天花板再到窗户，福梅把所有东西都批评了一顿，但是不到半个小时，他的十八个助手就把这间小屋变成了一间一天能准备出九百道菜的厨房。

6. 盛会开始了

在那些精灵代表到达的前一夜，弗拉姆巴斯一夜没有合眼。他还做了个噩梦。他梦见，尼禄·斯格隆布斯打扮成厨师的样子，来到一个盛满热气腾腾的浓汤的锅前，对他没完没了地说道：“这就是你不遵守守则的结果！”弗拉姆巴斯突然惊醒，出了一身的汗。

最后一天是最后一次检查。欧拉乔在特罗戈罗的帮助下，几乎一直待在温室里干活儿。莴笋则打扫了植物园里的小路，而果核

（一直梦想成为厨师）也说服了福梅允许他在厨房帮忙。卡尔洛塔和提密斯则在将军树周围，摆弄着些奇怪的设备。

而此时，迪迪正检查着她的植物药物：治疗牙痛的丁香花蕊，治疗蚊虫叮咬的大车前草叶子，治疗腹泻的雨衣草和黑加仑等。

到了晚上六点钟，欧拉乔关上了尼法阿公园的大门。

“他们几点钟到，头儿？”莴笋问道。

“第一批精灵代表应该在日落时赶到。但愿能准时。”

“祝你们好运，朋友们！”三个长腿族祝福道，接着他们躲进了欧拉乔的房间里。

这几个精灵伫立在植物园门口，竖着耳朵等待着。突然空中传来几声鸟叫。

“他们来了！”弗拉姆巴斯望向天空，嘀咕道。

一群信天翁穿过云层，落到草地上，放下来三十个来自南部的代表（从他们浅绿色的衣服上就可以认出来），他们刚一下来，便用怀疑的目光扫视着周围。弗拉姆巴斯清了清嗓子，冲他们微笑着说道：“欢迎你们来到异日城，朋友们！”接着，他用福尔西科精灵们常用的打招呼的方式，和每一位代表交叉手指，互相问候。迪迪也做着这样的

手势，然后是特罗戈罗、果核和莴笋。

这样的手势做多了，就会不小心比画起别的手指。

接下来的两个小时，他们重复做了十几次这样的问候手势。福尔西科精灵们有从天上过来的，也有从地上赶来的，要么骑着各种各样的鸟，要么骑着兔子。继这些南方代表之后到达的，是东方的精灵代表，他们穿

着刺绣衬衫和宽松的裤子。接着赶到的是来自北方的代表，他们穿着加厚的羊毛外套，戴着手套，穿着靴子。最后赶来的是来自西方的精灵代表，他们穿着衬衫和草编成的裤子，脚上踩着木鞋。

在月亮出来前，植物园温室前方的草地上，站满了绿色的小人儿，他们的衣服、习惯都各不相同，唯一相同的是对于地球上所有

树木的热爱之情：他们将这些树木统称为绿斗篷。

最后，在长老会的成员的跟随下，奥林普斯·卡佩尔维内莱骑着他雄伟的金雕，降落在尼法阿公园的草坪上。福尔西科精灵欢喜地簇拥着他。

“欢迎来到异日城，大碧翠仙！”弗拉姆巴斯和他交叉着手指问候道，“您的旅途还算愉快吗？”

“好极了，孩子，好极了！”大碧翠仙把手放到他肩上说道。弗拉姆巴斯感觉到，从这个老精灵的体内正散发出一股力量，一直传到他的脚尖，把他所有的恐惧感都消除了。

“仪式队伍都准备好了吗？”大碧翠仙问道。

“一切都按照守则准备好了。”年轻的

碧翠仙一边回答，一边偷偷地望向尼禄·斯格隆布斯，他正从他那只掉了毛的秃鹰身上跳下来，小心翼翼地观察着四周。

接着，两名守卫吹响了欧石楠木做的号角。与此同时，特罗戈罗和果核打开了温室的大门。走在最前面的精灵们情不自禁地喊出一声“哇！”：在福尔西科精灵面前，是一条长长的白色鹅卵石走廊，走廊两旁交错摆放着黄杨树和小蜡烛。在温室的穹顶下方，是一个圆形的场地，周围摆放着开着花的马齿苋和野玫瑰果实做成的橘色小灯笼。

元老会的长老们先走了进来。黛德乌斯·斯达尔纳为了放大音量，拿起了喇叭，呼唤其他的精灵按照守则里规定的顺序依次进来。

“我们热烈欢迎来自北方的代表，陆域碧翠仙

尤里·拉克塔流斯，以及他的议事员亚当·斯达夫和阿尔格特·鲍里斯……”

所有人悠闲地走进温室，他们惊讶地指着那些蜂鸟和鹦鹉。这些鸟时而在他们头顶盘旋，时而落在棕榈树的树梢上盯着他们看。他们还被那些悬挂在树上的小房子震惊了，这些房子是专门为元老会长老准备的，迪迪还用鲜花把这些房子装饰了一番。

“啊，要是欧拉乔能看到这一幕该多好啊……”弗拉姆巴斯叹息道。

然而他没有想到，欧拉乔·普莱斯科特上校和巴伯姐弟借助一台小小的摄像机，正在观看着这个仪式。摄像机是之前卡尔洛塔偷偷藏在橡树树枝间的。他们躲在欧拉乔的储物间里，盯着电脑屏幕观看着。

“他们正在跳舞！”提密斯说道。

“那是四蕨草舞。”卡尔洛塔解释道。

“迪迪曾告诉过我，福尔西科精灵们只有在重要场合下，才会跳这种舞。为了纪念地球上的四个地区的统一！”

“真不可思议啊！或许我可以把这个音乐录下来……”提密斯一边摆弄着键盘，一边说道。

“哎，快看莴笋，她正在摇摆着她的身体！”卡尔洛塔笑着说道，“特罗戈罗差点儿没掉下来！”

“弗拉姆巴斯也在和迪迪跳舞。他该放松下自己了……他在不停地踩她的脚！”欧拉乔一边跟着舞蹈旋律摇摆着身体，一边说道。

“安静！”卡尔洛塔突然喊道，“大碧翠仙要讲话了……”

奥林普斯·卡佩尔维内莱向大家表示了热烈的欢迎，接着提到，在这个新月当空的夜晚，迎来了福尔西科精灵们每九年团聚一次的神圣习俗，精灵们聚集在一起巩固彼此之间的关系，同时更新精灵与大自然的协议。因此一切照旧，尽管这次盛会举办的地点，有些非比寻常。

接着晚宴开始了，还是在温室里。精灵代表们围坐在欧拉乔做的精美的橡子形状的桌子前，或者围坐在柠檬草花盆旁，或者坐在温室玻璃窗旁排成一排的长凳上。

大家尽情地品尝着由伟大的阿拉坎·福梅准备的美味蔬菜：加了块茎的烤面包片，红萝

卜酒，放了茄子嫩芽的烤萝卜，最后，是放了核桃和开心果的梨子奶油。

弗拉姆巴斯作为东道主，不得不和迪迪一起坐在大碧翠仙旁边用餐，他紧张得连一口蜂蜜水都咽不下去。

最后，迪迪的爸爸站起来，提议为新月干杯。接着他冲弗拉姆巴斯笑了笑说道：“孩子，你想在仪式上说几句吗？”

“我？嗯……那个……很乐意！”弗拉姆巴斯站起来一口气说道，“愿这只高脚杯能把地球上所有的福尔西科精灵的拇指连在一起，为每一片叶子、

每一朵花，以及每一个生命服务！万岁！”

“万岁！”所有的精灵齐声回答道，然后欢畅地将酒杯里的蓝莓汁一饮而尽，他们的酒杯是用半个榛子壳做的。

精灵们待在温室里一直交谈到深夜，然后才各自回到住处睡觉。来自林法多罗的九名守卫受命负责守夜，特罗戈罗暗中和他们一起。特罗戈罗沿着公园外面的栅栏巡视着，身上带着一把巨型弹弓。

7. 麦克风和郁金香

太阳升起时，公园里又聚满了小绿人，他们来到温室享用早餐：新鲜水果、苹果味圆形蛋糕、酸羊奶，还有让人垂涎欲滴的辣椒炸南瓜花（这道菜是果核发明的，福梅十分喜欢这道菜）。

“我睡得舒服极了！”大碧翠仙感叹道，他的胡子上沾满了酸奶，“这些悬挂着的小房子真有趣。你不这么觉得吗，尼禄？”

“你们这么觉得吧……”长老回答道，他住在特罗戈罗的房间里，“我的房间里挂满了铃铛，风一吹就叮叮当当地响个不停，我一夜都没合眼！”

“我马上告诉他们去处理一下……”弗拉姆巴斯尴尬地抱歉道。

“孩子，不过我已经迫不及待地想去看一看我们的会议大厅！”

“这边请，大碧翠仙……”

一支长长的绿色队伍穿过植物园朝等待他们的巨杉走去。在他们进入树根之前，弗拉姆巴斯问站在他身旁的迪迪：“将军树怎么样了？”

“我已经给它用了第三次糖丸了。从昨天起，它已经恢复了一半的树汁活力。你放

心吧！”迪迪一边回答着，一边走进了大会议厅。

如果此刻有人从这个树旁边走过，一定会吃惊地问道，所有那些不可思议的“哇！”和“啊！”是从哪里传来的？

实际上，这些福尔西科精灵们刚一看到会议大厅，便大吃一惊：樱桃木做的舒适阶梯座椅，整齐地摆放在半圆形会场里，等待着参加会议的代表们。放置在第一排的是元老会长老们的座位和大碧翠仙的御座。他们对面是一个圆形平台，按照守则第二十七条搭建而成的，整个平台周围布满了爬山虎，上面铺着无比柔软的绿色毯子（是从普莱斯

科特收藏的机织割绒地毯上剪下来的）。最后，一个长长的绿色横幅，从会议厅的一面墙延伸到另一面墙，上面写着：

第九十九届精灵大会
长腿族的异日城

让大家最为吃惊的是大厅的棚顶：十几束白色光线透过巨杉的根茎，照射进来，好像闪烁的小星星。“这棚顶好像苍穹！”大碧翠仙赞赏道。

精灵代表们纷纷就座，他们以为这一天的惊喜已到此为止。可是他们大错特错。当黛德乌斯·斯达尔纳在主席台上讲话时，他们便意识到他们是错的了。这一次，黛德乌斯

讲话没有用喇叭。

“你只需要把嘴巴靠近这个黑色的杆状物就可以了。”弗拉姆巴斯对黛德乌斯说道，“我提醒您，不需要大声喊！”

可是大家都知道，坏习惯就是很难改变的，已经习惯了喧哗的会议场面的黛德乌斯又像往常一样喊道：“欢迎大家！”

现场的精灵们都没有见过麦克风，于是，一听见黛德乌斯的这声咆哮，有的跑走了，有的大叫着，还有的甚至趴到了地上！

“你们不要害怕！”迪迪说道，“这只是我们的长腿族朋友的一个发明，有了这个东西，大家就可以不用声嘶力竭地说话了。我相信你们会喜欢的……”

“我们更喜欢号角！”斯格隆布斯像往常一样反驳道，“我代表元老会要求立刻关掉这个可怕的机器！”

“为什么呢，我亲爱的尼禄？”大碧翠仙反对道，“我觉得这个东西很好用。而且，我正考虑在林法多罗也安一个这种东西。你觉得怎么样，孩子？”

“我得问问我的朋友，我觉得应该没问题。”弗拉姆巴斯回答道。

“很好，我觉得我们可以继续开会了。现在会议该进行到哪里了，黛德乌斯？”

“大合唱，先生。”黛德乌斯退到距离麦克风恰当的位置说道，“然后是碧翠仙弗拉姆巴斯发言。”

“那么我们开始唱吧！全体精灵起立！”

精灵们站了起来，把一根拇指放在胸口，闭着眼睛，演唱起绿色之歌大合唱。每个精灵刚满九岁，便被要求学唱这首歌了。歌曲大致内容是：

我们将歌声
融入太阳，融入空气，融入风。
我们的身体里流淌着绿树液汁，
不断地流淌啊流淌！

第一次听到大会议厅里回荡着旋律，让人感到无比激动。比起弗拉姆巴斯被叫到主席台上发言时的心情，这种激动算不了什么。

弗拉姆巴斯将两个小小的纽扣状物体（提密斯做的迷你内置耳机）塞进了耳朵里，然后用眼睛扫视着他的精灵朋友们。坐在第一排的精灵向他做出鼓励的动作（莴笋和果核挥舞着一面绿色的小旗子）。

“精灵同胞们，”弗拉姆巴斯开始说道，“大碧翠仙要求我向大家介绍下我们这次活动的内容。可是我更想……让你们亲眼看到，而不是让你们听我说！”

提密斯把会议大厅和欧拉乔的办公室用网络连接到一起，他旋转了操控台上的旋钮：会议厅棚顶的光线渐渐熄灭，墙上出现了一个白色屏幕。精灵们惊呆了，可当他们看到屏幕上出现的异日城的纪录片时，他们感到更加惊讶。这个纪录片是卡尔洛塔录制

的，由弗拉姆巴斯配音讲解。

弗拉姆巴斯向他们展示了田野间的黑路（一看到汽车和货车朝自己飞快地开过来，精灵们便吓得躲到了椅子下面），他向精灵们讲述了去年春天他们是如何帮助一群癞蛤蟆穿过黑路，抵达湿地的。他还提到了，人类对城市里街道旁树木进行检查的事（特罗戈罗坐在一棵树上荡秋千的画面令人

印象深刻，这棵树就位于一条车水马龙的马路边），还提到了他们给儿童游乐园的草地注射绿树汁液的事，甚至还提到了他们帮助鸟类巩固巢穴的事。弗拉姆巴斯越说越感到勇气十足，一直到他说完最后一句话：“异日城的未来将绿意盎然！”（这句话是他从生态汽车的广告语里摘抄的）他被淹没在会议厅里的掌声之中！他太高兴了，以至于没有听到

尼禄·斯格隆布斯厌恶的话语。卡尔洛塔通过耳机对他说了句："你太伟大了！"听到这句话，弗拉姆巴斯跳了十厘米高。

会议工作就这样进行了一整天。中间他们还来到户外享用了一道点心（果核向福梅推荐的黄油吐司和薄荷叶，果核还向福梅展示了如何使用烤面包机，这道点心深受大家喜爱）。

到了黄昏时分，在大碧翠仙完成整个“绿色郁金香仪式”后，福尔西科精灵们才心满意足地离开了会议厅。

整个仪式的过程很简单，大碧翠仙只需要用小拇指轻轻地碰一下这种罕见的绿色郁金香就可以了。

“绿色郁金香？！”当迪迪问弗拉姆巴斯是否按照守则第三百三十三条准备好球茎时，他不安地回答道。接着迪迪大笑了起来，

说道："我逗你的，弗拉姆！我早已准备好了。我还给将军树用了一个糖丸，他现在的树汁活力有八成了！你觉得怎么样？"

弗拉姆巴斯松了口气。离满月就差两段影长的时间了，距离大会结束还有两天。可是弗拉姆巴斯还是担心这次活动会出问题。

8. 被遗忘的规定

第二天，天气变得更加炎热，整座城市都要窒息了。

来自北方的福尔西科精灵难受极了，尽管大会议厅里的温度已经很凉爽了，可还是有一些精灵感到很不舒服。迪迪的白花酢浆草膏缓解了许多，可是还是有很多精灵效仿特罗戈罗，和他一起到公园的湖里游泳。不一会儿，平静的湖面上出现了许多小绿人儿，他们嬉戏打闹着，仿佛他们是在海滩上。

然而，只有特罗戈罗知道，每个星期天早上，都会有很多长腿族来公园避暑，所以在公园开放前，他们必须离开。

特罗戈罗试着用他的方式告诫其他精灵，他说道：“呜嘎！离开离开！人类来这里！人类！呜嘎！布嘎！离开！”然而其他的精灵只顾着享受而没有留意特罗戈罗的话。于是他跑着去通知弗拉姆巴斯，可是却找不到他，接着他来找欧拉乔，他一边做着手势，一边嘟囔着，欧拉乔明白了他的意思。

“你是说，一些光着上身的精灵正在湖里嬉戏？哦，我的天啊！可是人类马上就要来了！”

欧拉乔跑了出去，可当他赶到湖边时，人类已经在那儿了。大部分的精灵都成功地躲在了植物下或者其他的地方：一个精灵躲进了某个包里，而包的主人只顾着打电话，没有留意手里拿起的是什么东西，他挤着精灵的肚子，还以为这是一个防晒软膏。

另一个精灵则藏在了一辆小脚踏车下面，两只手抓着座椅，尽量不被骑车的小孩儿给甩掉；还有一个精灵待在一个女孩儿的衣服口袋里，这个女孩儿手里拿着蛋卷冰激凌。还有许多其他的精灵，尽可能地躲起来：有的躲在报纸里，有的躲在草帽下，还有

的躲在一台收音机后面或者鞋子里……

特罗戈罗藏在欧拉乔的围裙口袋里，他用他训练有素的目光，指挥着欧拉乔去拯救这些精灵。欧拉乔抓着精灵的脖子，把他们放进斜挎包里。

接着欧拉乔跑回了植物园，来到巨杉下面会议大厅的入口，然后轻轻地把这些精灵放了下来。精灵们用疑惑的目光看着这个老长腿族，然后溜进了会议大厅，衣服都来不及穿。

“你们在做什么？”黛德乌斯·斯达尔纳一看到穿着短裤跑进来的精灵们，便跳起来说道。

当这些光着膀子的精灵跑进来时，会议厅里传来一阵笑声。

“先生……我们很抱歉……”之前藏在报纸下面的那个精灵解释道，“我们碰见了……长腿族！”

“你们变成这样都是因为他们？”大碧翠仙问道。

“我之前是怎么告诉你们的？”尼禄·斯格隆布斯趁机说道，“人类讨厌我们！今天他们偷了我们的衣服，明天就会把我们关进笼子里！”

会议厅里的精灵们害怕地议论了起来。弗拉姆巴斯和迪迪安静地看着彼此。

“不是的，先生，”一个精灵说道，“我不是这个意思……”

“那你们现在好好解释给我们听！”大碧翠仙迫不及待地说道。

那个精灵讲述了他们是如何陷入危险，一个

戴着白帽子的老年长腿族在特罗戈罗的帮助下，是如何拯救了他们！

“救了你们？”尼禄大叫道，“这不可能！”

“可是，没有什么不可能的。”弗拉姆巴斯·格林回答道，“那个戴着白色帽子的先生很有可能就是欧拉乔·普莱斯科特上校，我们最好的朋友，他也是这个植物园的守护人！他很喜欢福尔西科精灵，我们在这里看到的许多东西都是他用他的手给我们准备的。”

整个大厅立刻陷入了尴尬的气氛中。大家甚至都没有勇气开口说话。

“看到了吧？”莴笋用她那天真的声音说道，“我们的长腿族朋友可是大好人！你们不用害怕他们……”

可尼禄·斯格隆布斯可不是个轻易妥协的精灵。

他从容地收起邪恶的一面，觉得是时候给弗拉姆巴斯致命的一击了。他坚信这一击一定会让他爬不起来……

夜晚降临，当同伴们正激动地观看着自然电影《亚马孙平原·世界的肺》时，尼禄来到弗拉姆巴斯身旁，不怀好意地说道："你做得很好！现在我们已经开始期待明天的到来了。你们知道大会最后一夜的重要性，对吧？"

"当然知道。"弗拉姆巴斯说道，"最后一夜是一个魔力之夜，也是个满月之夜，在月光的照耀下福尔西科精灵们的生命力会变得无比强大。我在守则里第九百一十七条读到的。"

"那么你们应该知道，所有人都要聚集在一棵树汁活力至少达到九颗星的母亲树下。"

"将军树符合要求。"弗拉姆巴斯坚定地说道。

“很好，那么就差萤火虫了，有了萤火虫就完美了。”

“萤火虫？”弗拉姆巴斯的脸一下子白了，他重复道。

“在举行光圈活动时用。”尼禄补充道，他认真地观察着弗拉姆巴斯的反应。

“当然了，萤火虫！”弗拉姆巴斯惊呼道，他假装知道尼禄提到的这件事，“我现在就是记不清是在哪一条里说到的……”

“哪一条都没有说到。这个习俗所有的精灵都应该知道，在目录里就可以找到。”尼禄冷漠地解释道，“我相信，大碧翠仙已经寄给你了……”

“是的，的确！”弗拉姆巴斯勉强地笑着说道，“就在目录里！”

“还有，你们要知道：没有萤火虫，就无法举行光圈活动。”

“无法举行光圈活动……”弗拉姆巴斯机械地重复道，他感觉他的腿在向后退着。

“我觉得一百只萤火虫差不多就够了。你们觉得呢？”

“一百只……我觉得还得再多些！”弗拉姆巴斯冒着冷汗说道。

“太好了！我相信你这一次也一定会让我大吃一惊的……”尼禄狡猾地笑着说道。他没有注意到一滴汗已经流到了弗拉姆巴斯的太阳穴上。

9. 肚子上的光

福尔西科精灵们从小就学会了如何用环境伪装自己。

如果此刻还有许多参会的成员没有被大家注意到，也没什么好吃惊的，因为他们所具备的能力，以及与生俱来的对于人类的恐惧，让他们躲了起来。如果说许多精灵都有一个缺点的话，那么那个缺点一定是好奇心。这些精灵代表们所在的长腿族世界是个很有吸引力的地方。

有什么东西正趁着黑夜，从城市上空飞过。他们的借口是要活动一下翅膀，他们甚至白天也会在异日城的上空盘旋。

在精灵大会期间，几个精灵在台下窃窃私语道："你听见了吗？有人说他曾在街角看到一棵没有叶子的树。上面长了三个闪闪发光的果子，一个红的，一个黄的，还有一个绿的。我也想尝一个，可是靠近那棵树实在太危险了……"

"他们跟我说，有人看到了长腿族的窝。那些窝拔地而起，有些甚至比三棵橡树接起来还要高……"

"是真的！还有人曾看到一位女士从一个白色的柜子里拿出三个西红柿，那个柜子里装满了食物。你明白吗？他们把植物都种在柜子里！"

“你感到吃惊吗？听听这个：还有人在一幅发着光的画面前看见一个幼年长腿族，那个画面里还囚禁着许多更小的长腿族。每次画面里的长腿族说话，那些幼年长腿族就会哈哈大笑起来。太可怕了！”

还有人尝试近距离观察长腿族，就在尼法阿公园里。就像那两个来自东方的精灵代表在认真观察靠着欧拉乔房间的墙壁摆放着的自行车那样。

“你说那些是什么东西？”一个精灵问道。

“脚踏兔。”另一个假装自己什么都知道的精灵回答道，“我

曾见过两个小孩儿骑过这个东西：他们坐在那个长方形的座椅上，然后用腿使轮子转动起来。太有想象力了，你觉得呢？一点儿噪声也没有。”

“太好了！骑着这个在森林里溜达会很舒服的……”

“我们去看一眼吗？”

“好的……可是一旦有声音我就走。”

他们爬上第一辆自行车。其中一个精灵不小心按响了车铃，而另一个精灵站在一个脚踏板上，被摔到了车链上，浑身上下都弄脏了。两个精灵笑了起来，爬上了车子后面的置物架，然后从那里滑进一个布包，这个布包就放在自行车后轮的旁边。包里面有一个被咬了一口的苹果，还有一条锁链，一副深色眼镜和一些黄色手套。

“我怎么样？”一个精灵戴上眼镜笑着说道，他一边说，一边对着车把手上的镜子照个不停。

“不错，那我呢？”另一个精灵说道，他把一只手套套在了头上。

突然，一个声音把他们吓了一跳：“你好，欧拉乔！替我问候弗拉姆巴斯和其他的精灵们。”

“好的，提密斯。再见，卡尔洛塔！明天见！”

两个福尔西科精灵从包里偷偷看向外面，他们看见两个孩子朝自行车走来。可是他们还没来得及从包里跳出来，那两个孩子就已经骑上了车，向出口骑去。

“现在……我们可怎么办？”戴着眼镜的那个精灵呜咽着说道。

“我也不知道，这下我们惨了……”

接下来在欧拉乔储物间里发生了戏剧性的事情。

“萤火虫？”上校说道，弗拉姆巴斯把他和尼禄的对话讲给了欧拉乔上校听，“我已经很多年没在异日城里见到过萤火虫了！人造光太刺眼，而萤火虫的光又太微弱。这些虫子需要在黑暗的环境中求爱繁衍！”

“它们用光来表达爱意？真的吗？”果核问道。

“差不多吧。公萤火虫见到母萤火虫肚子上的光，便立刻让自己的肚子也亮起来。当这两束光同时亮起来时，这两只萤火虫就配对成功了。”

“太浪漫了！”莴笋笑着说道，“为爱而生的光！”

“我们得赶紧找到这些萤火虫。”弗拉姆巴斯搓着他的小绿手说道，“光圈活动如果

无法举行，对所有的福尔西科精灵来说将是个灾难！”

“我记得林法多罗有一百多只……”迪迪想了下说道，“可是要想及时往返，可能得用到长腿族的飞机！”

“可以去问问提密斯和卡尔洛塔。”弗拉姆巴斯试着说道，“或许他们可以帮到我们……”

“可他们刚刚回家。”欧拉乔说道。

“那么我们只能到城外去试试看了，而且现在就过去。你能陪我们一起去吗，欧拉乔？”

“当然可以，可是我担心到了城外也找不到。农田里使用的有毒药物，杀死了许多种类的昆虫，其中就包括萤火虫。很遗憾……”

“那我们也得尝试一下。振作起来，福尔西科精灵们，我需要你们！”

“好的，头儿，可是我们得先补充点儿能量。”莴笋打断他说道，“在出发前，我们能再尝一下欧拉乔的那个‘油机’蜂蜜吗？真的特别好吃！”

“这个时候你还想着蜂蜜呢？”果核接着她的话说道，“而且那是‘有机’蜂蜜！”

“好的，吃吧。”弗拉姆巴斯干脆地说道，“在福尔西科精灵们中流传着一句老谚语，蜂蜜会带来好运。我们但愿如此……”

与此同时，被提密斯骑着自行车带走的两个精灵，正声嘶力竭地呼喊着，试图引起那个小长腿族的注意。可是这个小长腿族的耳朵里正塞着耳机，根本听不到精灵们的声音。而且他的姐姐正骑在前面，也注意不到他们。

10. 惊心动魄的一夜

正如欧拉乔所说的那样，萤火虫喜欢黑暗的地方，可是要找到一个没有人造光（马路上的光、住宅的光、商店的光、工厂的光、火车站的光以及飞机场的光）的地方，他们必须得开着欧拉乔·普莱斯科特的那辆老旧汽车，跑到几公里以外去寻找。于是他们来到了位于城市东边的一个有草地、榛子树林和白桦林的地方。他们开始搜寻了起来，可是他们唯一能找到的光就只有天空中闪烁的星光。

突然，

特罗戈罗从他

上衣的口袋里拿出了一个

可以伸长的类似电视天线的东西，在这个天线顶端还亮着一盏小小的蓝色的灯。

“你在干吗呢，特罗戈罗？”莴笋吃惊地问道，“这个时候你要去钓鱼吗？”

“不是！抓萤火虫！”这个精灵大块头回答道，接着他便消失在灌木丛里。

弗拉姆巴斯摇了摇头，继续和欧拉乔还有迪迪搜寻起来。迪迪往空气中撒了一种很香

的东西，“这个可以召唤昆虫。”迪迪解释道，“我们通常在让蜜蜂给实验室里的花授粉时会用到这个。不过在萤火虫身上，我还没试验过……”

十几分钟过去了。突然他们听到一声惨叫，接着特罗戈罗从他们眼前跑过，身后还跟着一群愤怒的昆虫。

“可怜的特罗戈罗！”莴笋说道。

“他的鱼竿一定是惹怒了这些蜜蜂！”

他们带着一小群苍蝇返回了公园。不，准确地说是蜜蜂。他们带回来的唯一的战利品就是特罗戈罗脸上、胳膊上以及屁股上的那几十个包。这个可怜的精灵不停地呻吟着，直到迪迪走进欧拉乔的房间，给他抹上了无比清凉

的芦荟萃取物，他才停了下来。

就连老上校都感觉累得快要散架了，他打开风扇，然后跑到他的吊床上去休息了。天气依旧是无比炎热！

“我们完蛋了！”弗拉姆巴斯坐在桌子上，沮丧地说道，“如果我们不在明晚前找到萤火虫，那么这一次的精灵大会会成为有史以来最糟糕的一次，弗拉姆巴斯·格林的名字在接下来的九年里，也会成为一个笑柄！”

“别这样，弗拉姆，你不觉得你太夸张了吗？”迪迪安慰他说道，“我们会想出办法的。”

就连迪迪，这个乐观主义的化身，都不太相信自己刚刚说的话。

另一边，莴笋和果核正吃着蜂蜜作为慰藉。

突然莴笋大叫道：“喂，你们看！我发现了一只萤火虫！”

“谁？在哪儿？什么？”弗拉姆巴斯慌忙地问道，他太累了，刚刚差点儿睡着。

“在这儿，头儿，在罐子的封皮上！”

“那叫标签！”果核把罐子夺了回来，纠正她说道，“不过，你说得对！这的确是一只萤火虫。很漂亮，对吧，头儿？”

“太漂亮了！”弗拉姆巴斯苦笑着说道，“只可惜是印在纸上……”

欧拉乔站起来打开收音机，一个响亮生硬的声音正在播报最新消息：“由于持续高温，城市里电量的消耗已经超过了最大限度。电力公司建议市民，适度使用空调，避免引起电路中断。现在播报专题新闻……”

他们只睡了几个小时。

当那个老座钟敲响八点钟的铃声时，办公室的门被打开了，卡尔洛塔和提密斯笑着走了进来，露出三十二颗牙。

“你们绝对猜不到，我们收留了谁在家过夜！”卡尔洛塔惊呼道。

“准确地说是两位客人。”提密斯说道，“他们特别可爱，其中一个还咬了我一口！”

提密斯一边说，一边把他包扎起来的食指伸给大家看，“在他知道我不会伤害他后，他才平静了下来。”

“另一个却怎么都不肯从包里出来。”卡尔洛塔继续说道。

“这个可怜的小家伙，吓得直发抖，好像一片摇摇欲坠的树叶！当我把他抱在怀里时，他开始拼命挣脱，还喊着叫我把他放下，不然他就告诉大碧翠仙，他还说尼禄·斯格隆布斯说得对，精灵不应该相信人类！听到他这么说，我立刻告诉他，我认识弗拉姆巴斯·格林和迪迪·卡佩尔维内莱博士，还有

特罗戈罗、莴笋和果核，我还告诉他说，他们都很信任我。听了我这番话，他才不哭了。”

“你们是在说两个……精灵？”弗拉姆巴斯诧异地问道。

“正是如此！”卡尔洛塔回答道，“准确地说，是两个来自东方的精灵代表。”

“我们把他们带回了我们的房间（当然，没有让爸爸看到）。”提密斯接着说道，“我们还让他们尝了爆米花和巧克力。半个小时后，我们就变成朋友了，他们还把名字告诉了我们：乌菲德斯和黛奥菲琉斯。我们亲切地称呼他们为乌菲和黛奥。他们好像是从第八十八次大陆域来的……”

“是第八十九次大陆域。”弗拉姆巴斯纠正他说道，“他们从大山里来，非常多疑。真不知道

他们现在会跟元老会说些什么！我告诉过你们不要让他们看见！”

“我们是这样做的！”提密斯反驳道，“是他们跳上了我们的自行车。对了，黛奥已经学会开我的遥控吉普车了。你们绝对想不到！我已经允许他把我的吉普车带到公园里，给其他的精灵看。他也向我保证他一定会小心注意的。”

“乌菲也要我把我的袖珍照相机借给他。对他来说那个相机有点儿重，不过他还能拿得动！”卡尔洛塔说道，“我觉得他们不会说长腿族的坏话。至少不会说我们两个的坏话……”

卡尔洛塔说得对，在精灵大会晨会结束半小时后，所有的精灵代表都知道，有两个精灵在城市里过了夜，还待在长腿族的家里。

他们在那里度过了一个美好的夜晚。

11. 金色萤火虫

这一天接下来的时间，就是为精灵大会的最后一夜做准备。可是弗拉姆巴斯和他的朋友们，唯一担心的就只有一件事——找到萤火虫。

不过很可惜，巴伯姐弟也束手无策。

“我之前见到过一只。”提密斯坦白道。

“我也是。”卡尔洛塔说道，“在网上的纪录片里。几个孩子抓了几只萤火虫，然后把它们放进了玻璃瓶里。”

“太残忍了！”莴笋埋怨道，“他们不可以

这样对待动物！”

欧拉乔给所有他能想起来的朋友都打了电话。只有一个人说去年在河边见到过萤火虫，可是后来又消失了。

特罗戈罗拿着那根发着光的木棍，趴在下水道孔里寻找起来。他希望在漆黑的下水道里，可以找到萤火虫，可是萤火虫不生活在城市地下。特罗戈罗只发现两只老鼠，它们还在木棍的灯泡上咬了一口。

离精灵大会的闭幕之夜只剩下几个小时了，大家陷入了绝望之中！

太阳落山时，大碧翠仙召见了弗拉姆巴斯。迪迪和他一同前往。

他们刚一走进温室，就看到大碧翠仙正坐在提密斯的吉普车上，而黛奥则给他讲解着如何操作遥控器。此时乌菲正用照相机把这一幕拍了下来，他还打开了闪光灯。尼禄·斯格隆布斯愤怒地看着眼前发生的一切。

“我亲爱的孩子！”奥林普斯一看到弗拉姆巴斯，便笑着说道，“真的很感谢你为这届精灵大会所付出的努力！”

“要是没有那些关于人类的荒唐言行，那么这届精灵大会还真是无可挑剔。”尼禄·斯格隆布斯立刻凑到他们两人身边，小声说道，“至少到目前为止……”

“毋庸置疑，他一定可以办好闭幕仪式！”奥林普斯打断尼禄说道，“我希望萤火虫的准备工作应该没有什么问题。毕竟现在

这个时候，是很难找到萤火虫的……”

弗拉姆巴斯看了一眼斯格隆布斯，斯格隆布斯也在看着他，脸上还露出狡黠的笑容。乌菲和黛奥则专心听着他们说话。

“那个……”弗拉姆巴斯犹豫地回答道，“我们差不多……”

“差不多？”尼禄立刻打断他说道，“差不多是什么意思？”

“意思是说，长腿族的城市对于萤火虫来说并不是个理想的生存环境。”迪迪说道，“为了不拿那些萤火虫的生命开玩笑，我们决定……只在仪式开始前几段影长的时间内再去捉它们，坐着我们的朋友欧拉乔·欧拉乔的机械兔去。只能这样了，没有其他更好的办法了。”

“明智的决定！”大碧翠仙搓着手赞叹道。接着他又低声补充道：“对了，你们觉得那个植物园守护人在出发去抓萤火虫前，会允许我也坐一下他的汽车吗？我很想试试……嘿嘿嘿！”

“我相信他会很高兴的，爸爸。不过，现在，我们还有一些小事要处理一下……如果你们不介意，我们先去忙了。”迪迪说道。说完她便挽着弗拉姆巴斯的一只胳膊，把他拖走了。

“你为什么要跟他们撒谎？”当他们走远后，弗拉姆巴斯小声问道，“这样更糟糕……”

“我是为了多争取一点儿时间。”迪迪

回答道，“这是唯一的办法了，你明白吗？现在你要镇定下来。我去给将军树上最后一次糖丸。不，我这次会给它用更好的东西……”

黑夜笼罩了整个异日城。

福尔西科精灵们愉快地享用了晚饭，他们每个精灵还要了双份甜点：加了蜂蜜和奶油的蛋糕。福梅和他的厨师团队觉得，这道甜点做得很成功！

接着，精灵们聊了会儿天，开了几个老精灵玩笑后，便纷纷为盛大的闭幕式做准备去了。

弗拉姆巴斯他们几个则待在欧拉乔的房间里，准备出门做最后一次尝试。

“果核去哪儿了？”弗拉姆巴斯不耐烦地问道，“我们不能再等他了！”

“我在这儿！我在这儿！”果核跑着过来，说道。他的手里还握着欧拉乔的那罐有机蜂蜜，不过已经空了。

“喂，不公平！”莴笋冲他喊道，“你竟然一口气都吃光了？”

“没有，笨蛋，我把这个放在今晚的甜点里了！你们没有觉得很美味吗？福梅甚至想把我也招进他的厨师队里！”

“恭喜你了，果核。”弗拉姆巴斯干脆地打断他说道，“可是我们现在有更紧急的事情要做。我们走吧，欧拉乔。”

“遵命！”欧拉乔回答道，“这次我们去西边吗？”

“要是我们去这里呢？”果核指着蜂蜜罐子提议道。

“去蜂蜜里？”莴笋吃惊地问道，“你

可真贪吃啊！”

“跟蜂蜜无关！”果核解释道，“我们的一个厨师这几天曾偷偷地溜进了一所学校里，他学会了些长腿族的文字。他说这上面写着：金色萤火虫生物合作室。你们还记得那个商标吧？”

“我们之前说过，孩子们。”弗拉姆巴斯不耐烦地说道，“那只不过是一个名字……”

“可是地址是在荫丘那边。”欧拉乔看着标签，严肃地说道，“这或许是个好主意……”

五分钟后，大家坐上了车，朝位于异日城后面的一个山丘开去。距离闭幕式开始只剩下不到两个小时了。

12. 蜂蜜会带来好运

又是一个没有月亮的夜晚，正如精灵传统所预示的那样，可是长腿族们还是习惯把他们的马路点亮，因此开着车很容易分辨路面的指示。可是开到野外时，光线变得越来越弱，欧拉乔开始分辨不清路线了。在看见最后一个指向金色萤火虫合作社的标牌后，他们便开始在陡峭的布满沙石的羊肠小径上摸索着前行。最后迷了路。

“我们到了吗，欧拉乔·普莱斯科特先

生？”莴笋问道，“这些弯道让我好想吐！”

“我们现在到达荫丘，不过我还不太清楚具体是在荫丘的什么位置……”欧拉乔上校沮丧地说道。

他们就这样绕了整整半个小时，一无所获。

矮树丛变得越来越稀少，突然一条通往山顶的狭窄的小路出现在他们面前。欧拉乔刚把车子左转，坐在他旁边的卡尔洛塔突然大叫道：“小心，欧拉乔！”

欧拉乔立刻踩下了刹车，差点儿把精灵们甩到风挡玻璃上。欧拉乔赶紧从车上跳下来，当他看到眼前的景象时，他吃惊地张大嘴巴：在马路中间有一辆很大的玩具汽车。

“我的天啊！”欧拉乔上校叫道，“这是什么？我差点儿冲出马路！”

提密斯立刻认出了这个东西，说道：“是我的遥控吉普车！怎么会在这里？”

“肯定还有别人在这儿附近……”提密斯的姐姐不安地看着他说道。

“你是在说那两个……”

“乌菲和黛奥？”弗拉姆巴斯说道，他感到焦虑不安，“你们是说他们吗？”

“除了他们，还能有谁？”提密斯回答道，“我之前就应该给他们讲讲什么是电

池……不管怎么说，这辆玩具车能走这么远，还是很令人吃惊的。这多亏我那些耐用的锂电池！”

“哦，天啊！他们的脑子里在想些什么？快点儿，我们得赶紧去找他们！”

“冷静点儿，弗拉姆！”迪迪宽慰他说道，“他们两个走不了多远的！”

“你是叫我冷静吗？精灵大会期间走失两个精灵，还是骑着长腿族的玩具车走丢的，你知道这会引起怎样的后果吗？大家快点儿行动，我们没有时间可以浪费了！”

“好的，可是这里黑漆漆的！”提密斯说道，“我们至少得有一个手电筒。”

“车里应该有一个……”欧拉乔一边说着，一边打开车门，“在这儿呢！”

当欧拉乔打开手电筒时，一束光瞬间把马路照亮了：马路上四个小脚印清晰可见，这些脚印斜穿过马路，走进了旁边的矮树林里。

“他们去那边了！”弗拉姆巴斯一边说，一边走进了林子：难以想象的是那竟是一片黑莓林……

这段路走得很艰辛。人类和精灵的衣服被带刺的树枝缠住，胳膊和腿都被刮破了。

“哎呀，头儿，这些刺扎死我了！”莴笋呻吟道。

“我的衣服都被刮破了，这些该死的草！”果核抱怨道。

唯一闷不作声往前走的，就是特罗戈罗，他坐在欧拉乔·普莱斯特的肩膀上，走在最前面。

“他有一副大象的皮！”莴笋说道。

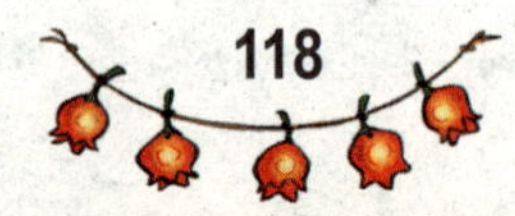

不一会儿，三个长腿族便停了下来。福尔西科精灵们还继续走了一会儿。他们穿过那些错乱的树枝间的小路，最后也不得不停了下来：这里到处都是长满荆棘的树干，就连精灵们也无法忍受了。

正当他们准备返回时，突然听到远处传来几声呼喊声：“哦！”“天啊！”“唉！”

“是他们！”弗拉姆巴斯说道，接着他立刻大声喊着他们的名字，“乌菲！黛奥！你们在哪儿？”

安静了片刻后，当那两个小精灵听见有人叫自己的名字时，便立刻扯着嗓子喊道：“我们在这儿，朋友们！这里！”

“照一下路，特罗戈罗！”弗拉姆巴斯命令道。可是特罗戈罗刚往前走了几步，手电

筒就没电了，然后完全熄灭了，大家立刻陷入一片漆黑之中。

“就差一点儿！”果核嘟囔道，“这里连个雪花莲都看不清，头儿。我们该怎么办？”

“你们看，那边有一排光！”莴笋指着她对面微弱的光说道。

“星星！”弗拉姆巴斯高兴地叫道，“我们太幸运了！快点儿，伙计们，我们快过去。”

他们摸索着前进，身上被刮了一下又一下，朝那两个走失的精灵走去。最后他们赶到了他们身边。这两个走丢的精灵看到他们后感到无比开心，于是搂着他们的脖子哭了起来。

“太好了！”乌菲一边喘着气，一边呜咽道，“我以为再也见不到你们了！”

“你们到底是怎么跑到这里的？”迪迪问道。

“都是我的错……”黛奥懊恼地说道，“今天中午我们听到你们和大碧翠仙还有长老斯格隆布斯的对话，知道你们在寻找萤火虫上遇到了麻烦。于是我们跟着你们，发现的确如此。就在天黑之前，我们就开着吉普车来这里寻找萤火虫了……”

“我告诉过他骑兔子过来，可是他就是坚持要开那个车！”另一个精灵嘟囔道，“开

到一半时，那辆车就坏了，于是我们就下来走路了！兔子是绝对不会这样的！”

“幸好有一些光亮，否则我们就找不到你们了，对吧，头儿？”莴笋问道。

然而此刻弗拉姆巴斯已经说不出话来。迪迪也是，特罗戈罗和果核也是一样。他们都盯着不远处闪烁着的微弱的蓝绿色的光。刚刚就是这些光线指引着他们，现在他们终于明白了，这根本就不是星光。

碧翠仙弗拉姆巴斯安静地穿过最后一道长满尖刺的树丛，来到一片空地。在他的眼前，上百只小萤火虫正在

害羞地翩翩飞舞。

“看来蜂蜜真的可以带来好运！”弗拉姆巴斯看着眼前梦幻般的场景，嘀咕道。

这些萤火虫似乎并不害怕突然出现的精灵，它们绕着弗拉姆巴斯飞，形成了一个闪闪发光的光圈：好多只萤火虫，至少有两百只！

“我们得让它们帮助我们。你会说萤火虫语吗，莴笋？”

“可是萤火虫们是不会说话的，头儿！”莴笋笑着说道，“我告诉你它们是怎么交流的。你把欧拉乔先生的手电筒借我用一下？”

莴笋用手电筒和萤火虫交流的场景，简直不可思议：灭，亮，灭，亮，亮，灭，灭……

“它们说什么？”弗拉姆巴斯迫不及待地问道。

“它们说它们是不久前刚找到这个地方的，这里受人类的保护。而且在这里，它们不会被人类打扰到，还可以安心地繁衍。”

“你给它们解释下我们的处境。告诉它们，我们需要它们的帮助……”

莴笋熟练地控制着手电筒，翻译着。

“告诉它们这件事事关生死！”弗拉姆巴斯激动地说道。

“它们说这样会让它们陷入危险。”莴笋翻译道。这时，那群萤火虫飞远了，消失在长满刺的灌木丛里。

13. 闭幕之夜

大家沮丧地返回车里。

他们开车返回城里的这一路上，车里唯一能听到的声音就是广播的声音。除了乌菲和黛奥，没有人在听广播。他们离异日城越来越近，光线也越来越足。他们正行驶在一条长长的马路上，这条路被一排发着黄色光线的路灯照得通亮。

“那些萤火虫说得对……”弗拉姆巴斯伤心地说道，“城市里的光太亮了。就连天上

的星星都看不清！人们已经忘记了夜晚是多么美丽了。”

他刚说完，路两旁的所有路灯一下子全部熄灭了。欧拉乔小心翼翼地把车停到了路边，然后走下了车。远处的异日城笼罩在一片漆黑之中。“我的天啊！”欧拉乔说道，“连异日城也是一片漆黑，这究竟是怎么回事？”

不一会儿，收音机给出了答案：“由于刚刚发生在异日城及其周边的大面积停电，我们将暂停新闻播报。似乎是电网出现了问题，主要是由于近期过度耗电所致。专家提醒大家，在恢复供电前，关掉所有家用电器

的电源，尤其是空调。”

整座城市陷入了不同寻常的寂静与黑暗，他们开着车从城里穿过，把车停在了尼法阿公园的大门前。接着他们来到了植物园。在巨杉树下，所有的精灵都在等着弗拉姆巴斯他们，元老会的长老们身着神圣礼服。大碧翠仙看到有两个东方精灵代表跟弗拉姆巴斯待在一起，他感到很吃惊，尽管如此，他的脸上还是立刻露出了笑容。

“我的朋友们！”奥林普斯说道，“真是松了口气！我还担心你们把闭幕仪式给忘了呢！”

“没有，我们没忘，大碧翠仙。”弗拉姆巴斯沮丧地回答道，“正如您女儿之前跟您解释的那样，我们去抓闭幕仪式要用的萤火虫了……”

“好！那我们的萤火虫朋友们在哪儿？”大碧翠仙信心满满地笑着问道。斯格隆布斯也在一旁笑了起来，但是他是在窃喜，以为自己赢定了——实际上，根本就没有萤火虫！

弗拉姆巴斯在坦白一切前，低下了头。然后他鼓足最后一丝勇气，决定把实情说出来。幸运的是，莴笋比他快一步。

“萤火虫来了，头儿！”

弗拉姆巴斯看了莴笋一眼，此时大碧翠仙和其他精灵的脸上都露出了笑容（斯格隆布斯的脸却是惨白的），他转过身，差点儿没晕倒——一支长长的发着光的队伍正从温室前面的草地上空飞过，朝他们飞来。

“很好！”奥林普斯满意地惊呼道，“现在我们可以开始了！”

“发生什么事了？萤火虫为什么改变主意了？”弗拉姆巴斯疑惑地问莴笋。

莴笋拿着手电筒走了过去，不一会儿，她就带着答案回来了：“萤火虫说这么黑的夜晚，它们已经好几年没在这个地方见到过了，于是它们决定回来帮助我们。”

没过多久，盛大的闭幕仪式就开始了。

被萤火虫照亮的会议大厅里，所有的精灵都把右手拇指放在胸前，大声重复着他们被授予碧翠仙时所宣告的神圣誓言：“我发誓将誓死捍卫我看管的树木，不滥用上天赐予我的绿树汁液。”

“现在，”大碧翠仙说道，“通过古老的光圈仪式，我们准备更新我们和大自然的协议。精灵同胞们，大家列队！你们，萤火虫

朋友们……围成一个光环！”

所有的福尔西科精灵们以大碧翠仙为中心，围成了几个大大小小的同心圈。在他们的头顶上，萤火虫围成了一个发着蓝绿色光的光环。

“哦，圣树！”大碧翠仙举着他那根开着花的紫藤权杖，喊道，“我们相信你可以从大自然的无限能量里汲取力量，让流淌在我们手臂里的绿树汁液重现生机！大家合并！现在！”

福尔西科精灵们手拉着手，形成了一个完整的绿色能量网，此时大碧翠仙则用他的权杖，

触碰了巨杉凸出来的一个根。一个光芒四射的白光把精灵和萤火虫包裹在一起，此时巨杉正用尽全力地把它的生命力传给精灵们。

三个长腿族来到大树旁，看见树下发出一道类似闪电的光。接着又平静如初。

首先从树下出来的是萤火虫。它们看起来有点儿晕乎乎的，它们肚子上的光一会儿亮，一会儿灭。可尽管如此，它们还是排着队准备飞离城市，很快它们便消失在视野里。

“真奇怪……”欧拉乔自言自语地说道，“感觉这些萤火虫比来的时候，数量变少了……”

紧接着出来的是精灵们，他们一拨接着一拨地从会议厅走出来。许多精灵的头发都乱糟糟的，看起来特别高兴，因为他们时不时跳起来或者突然大笑起来。他们围着巨杉转起圈来。他们

一会儿向右摆一下，一会儿向左摆一下，大声地唱着古老的精灵歌谣。

精灵们一看到欧拉乔、卡尔洛塔和提密斯，就立刻站住不动，像往常一样露出半信半疑的表情。斯格隆布斯喊道："长腿族！赶紧逃命吧！"他假装逃跑，可是却没有精灵跟上来。

这时，大碧翠仙从树下走了出来，脸被烟熏黑了，一绺头发被烧焦了。弗拉姆巴斯和迪迪陪在他身边，大碧翠仙说道："你们这棵植物真是拥有无穷的力量啊！你没有做什么手脚吧，女儿？"

"你在说什么啊，爸爸？"迪迪摆出无辜的表情说道。

她当然不能告诉她的父亲，她最后一次

给这棵树用的不是糖丸，而是另一种物质，叫“植物扇”，很久以前，她第一次来到城市里时，一个长腿族送给她的！

突然发现眼前正站着长腿族，就连大碧翠仙都不禁吓了一跳，然后愣在原地。

迪迪趁机说道：“爸爸，我向你介绍一下我们的朋友。欧拉乔、卡尔洛塔和提密斯！没有他们，我们绝对办不好这次精灵大会！”

三个人类向大碧翠仙弯腰行礼，所有的精灵都赞赏不已。

然而奥林普斯的回答却很出人意料："你们也想和我们一起围着大树转圈唱歌吗，我的朋友们？"

这是精灵历史上第一次人类和精灵共舞。

大碧翠仙开心地笑了起来，一边还跟着旋律拍打着他绿色的手。在他身旁，斯格隆布斯摆出一副冰冷的面孔，他感到胃里很不舒服，因为这一次，他把整个帽子都吞进肚子里了。

到了分别和道谢的时候了，对于福尔西科精灵来说这将是个漫长的过程，需要花很长的时间，毕竟有一百来个精灵，所以这个过程要持续几个小时。

大碧翠仙很清楚这一点，于是他利用这个时间和欧拉乔·普莱斯科特去开车兜风。这两个人很聊得来。当他们回来的时候，告别仪式还没有结束。

特罗戈罗激动地把他的精灵伙伴搂在怀里，哭得像头小牛。莴笋亲吻了那些精灵同胞的左右脸颊，她甚至尝试亲吻斯格隆布斯的脸，当斯格隆布斯看到莴笋张开双臂朝他走来时，他立刻害怕地逃走了！果核被阿拉坎·福梅邀请来林法多罗参加一门高水平厨师培训课。福梅说道："这个家伙很有天赋，我希望有一天他可以取代我。如果弗拉姆巴斯·格林没有什么意见的话……"

主厨一边行了个屈膝礼，一边说道。

“当然可以……”弗拉姆巴斯一边鞠躬回礼，一边笑着说道，“只要他上完课回来给我们做饭就好！”

当送走最后一个精灵时，夜已经深了。

欧拉乔正要关门时，发现温室里还亮着什么东西。“真奇怪！”他看着公园里熄灭的路灯，心想，“电还没恢复呢……”

他走过去查看，结果被震惊了：几十只萤火虫，不知道是无心还是有意，还留在温室里，正绕着他的植物飞来飞去。

欧拉乔·普莱斯科特上校突然冒出了一个有趣的想法。

当异日城的居民们看到下周六将举行萤火虫之夜的海报后，有上百个人来到了公园。他们比福尔西科精灵还要多！欧拉乔和孩子们组织的这次活动很成功，每个人都欣赏到了不可思议的精彩节目。市长也是第一次这么配合，在欧拉乔的要求下，他命令关掉市里环形马路上的灯。大家在一片漆黑中行动，没有弄出一点儿噪声。在停了这么多天的电后，大家已经习惯了摸黑行动。而且，也让所有长腿族有机会回忆起，夜晚是多么美丽。

迷人的喜鹊

来自林法多罗的消息

最新消息

阿拉坎·福梅开设的高水平厨师培训课选拔仪式正式开始！对于在林法多罗所有梦想成为厨师的精灵来说，是一个大显身手的好时机！

阿拉坎·福梅

没有星星的夜晚

作者：丝蒂卢斯·塔拉布斯

你们从来没有从长腿族城市的上空飞过吗？那里灯火通明，像发生了火灾一样，唯一的差别是……从那里飞过，你不会烧到自己！这种由设备发出的光，实际上是一种“人造光”，这种光对于动物来说，真的是一场灾难！

没有星星的夜晚

你们想想我们的朋友飞蛾，它们曾陪伴我们度过了多少个夏天的夜晚？当它们看见一个发光点时，会情不自禁地绕着它飞。城市里的光太明亮了，而且……有数不清的这样的发光体！许多飞蛾，可怜的家伙，禁不住绕着这些光飞，直到它们筋疲力尽，倒地身亡！而萤火虫，如你们所知，无论雌雄，都是用它们身上的光来交流，尤其是求爱繁衍。然而在一个像白天一样明亮的夜晚里，它们根本看不清彼此身上的光！

更别提长腿族们使用的那些杀虫剂和有毒化学试剂了，这些东西污染了田野！

长腿族的有毒物质

一个发光物体

美妙的是，长腿族的人造光都是模仿一些生物（不仅仅是萤火虫）产生，大自然赋予这些可爱的生物一种特殊的能力——一种非常明亮，永不枯竭，也不会带来污染的光！“发光生物体”，人类这样称呼它，实际上是一种普遍特性，这种特性不受物种、生长环境的限制，从蘑菇到昆虫，从我们的树林到深海（通常是在无比黑暗的地方）。

发光海蜇

艺术、树脂和树皮

作者：西娅·芳塔尔皮娜

剪，贴合……点火

幸运的是，那些极其愚蠢的长腿族已经厌倦了使用人造光，于是他们尝试使用一些可回收废料，制作出一种灯笼，和我们的灯笼很相似。你们想知道他们是怎么做的吗？读一读下面的内容吧……

需要的材料：

一支白色铅笔
六十厘米长的绳子
一个玻璃罐
一把老虎钳
一把圆头剪刀
三十厘米的铁丝
一块黑色卡纸
一小段蜡烛
胶带和固体胶

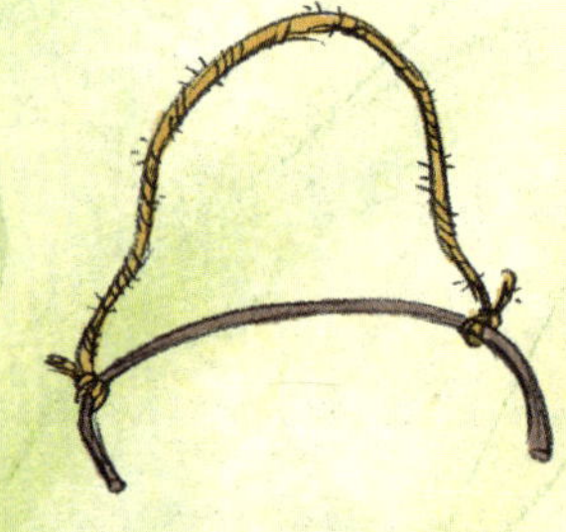

1 用铅笔画出你喜欢的图案，我们喜欢枫叶！

2 把绳子的两端系到铁丝上。于是用来支撑灯笼的把手就做好了。

3 把铁丝缠在玻璃罐的瓶口处。

艺术、树脂和树皮

作者：西娅·芳塔尔皮娜

4 用老虎钳拧紧铁丝，如图所示。

5

用剪刀把画好的图案剪下来，注意不要剪到手！

6

用固体胶把卡纸贴在玻璃罐的表面。

7

把蜡烛放在玻璃罐里……

8

点燃蜡烛！

小福尔西科精灵知识科普角

作者：弗拉图斯·弗莱斯塔

每人一个帽子

你们了解福尔西科的地理知识吗？你们能说出下面列出的地球上的次大陆域分别对应这一页中的哪一种帽子吗？

太平洋—亚洲东部—墨西哥

西伯利亚—印度—摩洛哥—安第斯山脉

答案：
1—西伯利亚，2—安第斯山脉，
3—太平洋，4—墨西哥，
5—摩洛哥，6—印度，
7—亚洲东部

罗贝托·帕瓦内罗是谁

有一句俄罗斯谚语大概是这样说的：如果你没有上过高中，没有种过一棵树，没有生过一个小孩子，没有写过一本书，生活是不完整的。

两岁半的罗伯特正坐在餐桌前，正因为这张照片，大家给他起了“西红柿酱拌面”的绰号

我不知道这句话是否正确，除了种树之外，其余的我们都做到了，而关于孩子，我的妻子和我甚至生了三个。

而且也是由于他们的原因，我开始写书。

开始的时候我给他们大声地读其他人的故事，我模仿着人物的声音，那些吵闹声，扮着鬼脸，我也从他们的脸上明白我的这种叙述方式是否有效。对于一个像我一样长期致力于戏剧的人来说这一点儿也不难，难的是找到一些适合大声阅读的故事，因此我开始自己编一些故事，直到我妻子建议我把它们写下来并让其他人阅读，从那以后我的书诞生了。

甚至现在，每当我写作的时候，我都会用耳朵和眼睛……我的意思并不是说我的眼睛或者耳朵里有笔，而是说我想着你们，我亲爱的读者朋友们，我是希望你们听得到我文字的声音，可以看到我所想象的情境。令我遗憾的只是没有和你们在一起而能够看看它们的效果，看看我是否打动了你们，是否抓住了你们的心。

罗伯特·帕瓦耐罗

一次，当他们问罗尔德·达尔他的那些书的思想源泉是什么，他回答说："很简单，我知道孩子们喜欢什么。"我多么想像他一样回答这个问题啊！

然而现在请原谅我，我得去种树了。

罗贝托·帕瓦内罗

斯蒂法诺·图尔科尼是谁

三岁的斯特法诺

在我小的时候，我所有的朋友都想做机器人的操作员，而我则梦想着做一个农民，因为我喜欢小动物，那时候我最喜欢的卡通形象是海蒂。

可惜的是我很懒！我喜欢赖床，当我发现在一个农场里人们黎明就起床而且工作一整天的时候，我觉得太悲惨了！！！很快我就改变了主意，我喜欢绘画，我认为这项工作唯一费力气的事就是削铅笔，绘画是极具诱惑力的，于是我决定要做一个画家，现在我和妻子生活在一起（连环画剧作家，多巧合），还有维奥拉，我们的小女儿。在闲暇时光我喜欢用木头和白垩土绘画，喜欢去山上散步、去远方旅行，我喜欢臭奶酪、肥香肠、鸡蛋奶酪冰淇淋和里窝那的鱼汤。啊，我实现了早上晚起的梦想！可惜的是然后每天我都得待在桌子旁绘画，或许，实际上，做机器人的操作员……

斯特法诺·图尔科尼

斯蒂法诺·图尔科尼